リエンが使役する
アンデッド
エタ
麗しの変態ネクロマンサー
リエン・アカード
ユニークスキル《縁下》の持ち主
ジオウ・シューゼン

Sランクパーティー【白虎】リーダー
レイガ・オルガ
元王国騎士にして
「地帝」
エンパイオ・フランキス
怪力自慢の美少女魔法剣士
レアナ・ラーテン

パーティーを追放された俺は、
隠しスキル《縁下》で
世界最強のギルドを作る

赤金武蔵

ぶんか社

C O N T E N T S

プロローグ

「ジオウ。約束通り、今日をもってお前を解雇する。今までご苦労だった」

冒険者ギルドのSランクパーティー【白虎《びゃっこ》】のリーダーであるレイガが、ニヤニヤした表情で言った。

その後ろにいるパーティーメンバーも、一様にニヤニヤしている。

「……世話になったな」

これは、一ヶ月前から決められていたことだ。今更何を言っても仕方がない。

「俺達【白虎】に、愚鈍《ぐどん》なお前はいらない。分かってくれるな？」

「……ああ、分かっている」

Sランクパーティー【白虎】は、冒険者ギルドの中ではトップレベルの、総勢七〇名を超える大規模パーティーだ。統率力、殲滅《せんめつ》力、機動力、守護力。どれも桁《けた》違いで、ギルドだけでなくレーゼン王国でも中核とされ、その存在感はもはや「部隊」と呼んでも過言ではない。

その中でも俺はレイガに並んで一番の古株だが……レイガの言った通り、俺はこの中で攻撃力も防御力も低い。レベルは他の奴と見劣りしないが、それだけだ。

俺はローブの胸に付いていた【白虎】の証《あかし》である金バッチを外すと、レイガに渡した。

「ジオウさーん、バイバーイ」

「これからどうするんですかー？」

「ばっかおめー、ジオウさんなら【白虎】にいたってだけで引っ張りだこだろ。まっ、文字通りいただけだけどな！」

剣士のリリ。魔導師のアリナ。格闘士のガレオンの順に野次を飛ばし、下品な笑い声を上げる。

それに釣られて、数十人の他のパーティーメンバーも笑い出した。

悔しくない、と言えば嘘になる。

だが、これが現実だと諦めるしかない……。

「じゃあジオウ。あばよ」

「……ああ」

振り返らず、【白虎】が拠点にしている居酒屋を出る。

中から聞こえてくる喧騒《けんそう》から逃げるように、俺は冒険者ギルドへ向かった。

周囲の視線が、嫌でも突き刺さる。

俺の無能さは、既に国中に知れ渡っている。だからこんな視線、今ではそよ風と同じだ。

歩くことしばし。冒険者ギルドに着いた俺は、ギルドカードとギルドランクＡの証である金の指輪を受付に出した。

受付嬢のミミさんは、唖然《あぜん》とした表情で、俺の顔と差し出されたギルドカード、指輪を交互に見る。

「……じ、ジオウさんっ、まさか冒険者ギルドすら辞めるつもりなんですか!?」

ダンッ！　とテーブルを叩くと同時に、ギルドでも有名なデカパイがバルンと跳ねる。

「あ、ああ。世話になった」

「そ、そんなっ……！　確かに【白虎】では埋もれてしまったかもしれませんが、それでもジオウさんはAランク冒険者です！　ギルドとしましても、貴重な戦力を手放す訳にはいきません！」

「と言われてもな……」

俺のランクは、【白虎】ありきのものだ。それは周知の事実だし、俺自身も納得している。

それにこの冒険者ギルドも、何故だか他のギルドより強い奴が多いんだよな。そこにソロでいたって、また蔑《さげす》まれて終わるだけだ。

「とにかく、俺はもう冒険者から足を洗うと決めたんだ。これからは地方の村で、衛兵として細々と生きていくよ」

「そ、そんな……！」

「今まで、ありがとう。それじゃあ」

「ま、待ってくださ……！」

ミミさんの引き止める声を無視して、冒険者ギルドを出る。

これで俺は【白虎】のジオウ・シューゼンでも、Aランク冒険者のジオウ・シューゼンでもない。ただのジオウ・シューゼンになった訳だ。

肩書きがなくなるってのは、思いのほか肩の荷が降りて楽になる。どうやら、俺が思ってる以上にストレスを感じていたらしいな。スッキリとした気分だ。

とりあえず西へ向かおう。確か、ボナト村という村があったはずだ。当面はそこを拠点にしていこう。

それに、ボナト村は確か、獣人族などの亜人族とも深い交流があったはずだ。余所者《よそもの》にも優しいあの村の環境なら、上手《うま》くいけば、どこかで雇ってくれるかもしれない。

【白虎】では役立たずだったが、その辺の魔物程度に負けるとは思っていない。家事全般は得意だし……何とかなるだろう。

当たって砕けろだ（砕けちゃダメだけど）。

俺は【白虎】から支給された白いローブを脱ぎ捨てて安い茶色のローブを買うと、正体がバレないように深くフードを被り、馬車駅へ向かった。えっと、馬車は……。

「すまない。ボナト村へ行きたいのだが、どれに乗ればいい？」

「ボナト村かい？　それならあの馬車だ」

「ありがとう」

案内された馬車の御者に代金とチップを渡すと、荷台に乗り込んだ。

「ん？」

先客か……？

俺より年下（十五、六歳だろうか？）の少女だ。だが、その少女とは思えない美貌《びぼう》に、柄にもなく見とれてしまった。

今まで下を向いていたが、俺に気付いたのかゆっくりと顔を上げる。その時、ツーサイドアップにしているブロンドヘアーが、僅《わず》かに揺れた。

「……何の用？　あまりジロジロ見るなんて、レディに失礼じゃないかしら？」

……見た目の綺麗《きれい》さに反して、中々ツンツンした子だな。

「あぁ、すまない。ボナト村の人かと思ってな」

「違うわよ。でも、ボナト村へ行くのは変わりないわ。……あんたも？」

「ああ。移住しようかと思ってな」

「ふーん」

……あ、もう俺の話には興味ないと。そうすか。ちょっと寂しいぞ？

諦めて少女の斜向《はす》かいに座り、無駄なエネルギーを使わないよう目を閉じる。

少女のことが気にならない、と言ったら嘘になる。こんな魔物が蔓延《はびこ》るご時世に一人で、しかも男と同馬車に詰め込まれて旅なんて、余程の世間知らずか、それとも自分の力に自信を持っているのか……。

……まあ、何かあったら手助けしてやろう。いくら他人とは言え、これから寝食を共にするんだ。何かあったら夢見が悪い。

それから暫《しばら》く待つと、他にお客は乗ってこず、御者がベルを鳴らして出発した。

「……いよいよか……」

いよいよ、俺の新しい人生がスタートするんだ。気分が高揚しない訳がない。

その高揚を押し殺し、外の景色を眺めながら、馬車に揺られて行くのだった。

第一章　仲間

馬車が出発して三日が経った。

途中で何度か休憩も挟んでいるし、俺自身長期の依頼なんて慣れっこだから、これくらい疲れのうちに入らない。

だけど……少女の方は、目に見えて疲弊《ひへい》していた。多分、こういう長距離移動には慣れていないんだろう。

今彼女は、休憩時間を使って草原で念入りにストレッチをしていた。ショートパンツのままストレッチをされると、生脚がちらついて目のやり場に困るが……。

「なあ、君」

「……何よ」

ムスッとした顔を向けてくる。そんな顔をされる筋合いはないんだが……まあいい。

「疲れてるだろ。これを食べなさい」

「これ、て……ち、チョコレットじゃない!?　レーゼン王国でも中々手に入らないのに……!」

「何、ちょっとした伝手《つて》で、買い貯めておいたんだ。何ならもっと食べるかい?」

少女の前に、一口大のチョコレットを山のように取り出す。熱に弱い菓子だが、魔力で中の温度を調整出来るマジックバッグの中に入れていたから、溶けてベトベトということはない。

「…………何が目的なのよ」

そんなヨダレをダラダラ流しながら威嚇《いかく》されてもな……。

「別に目的はない。長距離の旅は、慣れていないと精神的に参ってしまう。見たところ君は旅に慣れてないみたいだからな。見てられなかったんだ」

俺の指摘に、少女はうぐっと息を呑《の》んだ。図星か。

「……ありがと……いただきます」

「おう。沢山食っとけ」

もぐ。

「――おいっっっっっっしぃ……！　美味《おい》しすぎるわ……！」

さっきまでの疲れ顔はどこへやら。チョコレットを次々に頬張っていく。

チョコレットを食べる少女の横に座り、俺もチョコレットを食べる。

うんうん、口溶け滑らかで脳をピリピリと刺激する甘み……いつ食べても、チョコレットは格別だな。

「……レアナよ」

「ん？」

「……私の名前。レアナ・ラーテンよ。レアナって呼んでちょうだい」

レアナか……いい名前じゃないか。

「分かった。よろしくな、レアナ」

「ええ。……ところで、あんたの名前は――」

っ……！

「伏せろ！」

「え？　きゃっ！」

レアナを押し倒すようにして頭を下げさせると、丁度そこを風の刃《やいば》が通り過ぎ、近くの樹木を真っ二つに斬り裂いた。

「あれは……風の中級魔法、《ウィンドカッター》……？」

今の《ウィンドカッター》の魔力に驚いたのか、馬車を引いていた馬が一斉に暴れ出した。御者も何とか落ち着かせようとしているが、それでも興奮は収まらずに混乱している。

魔法の発動者はまさか避けられるとは思ってなかったのか、木々の向こうから動揺している気配が伝わってくる。

なら、こっちからも行かせてもらう……！

懐に入れていたコンバットナイフを握ると、茂みに突っ込んでいった。

中にいたのは三人。全員ボロボロの鎧《よろい》と剣を装備している。恐らく騎士崩れだろう。

「は、速……！」

「遅い」

唖然としている三人のうち二人の騎士崩れの喉を、躊躇《ちゅうちょ》なく斬り裂いた。【白虎】では最弱だった俺でも、まだ騎士崩れに遅れを取ることはない。

残る一人は四肢《しし》の腱を断ち、更に内臓に膝蹴りを食らわせて悶絶《もんぜつ》させる。が――。

「《ウィンドカッター》……！」

っ！　魔法攻撃ッ……え？

発動した《ウィンドカッター》は俺を狙うものではなく、自分自身の首を斬り落とし……そのまま絶命した。……自決したってことは、単なる物盗り目的じゃなく、殺害依頼か？

「……あくまで、依頼者のことを話さないように、か。忠誠心の表れか、恐怖心によるものか……」

どちらにせよ、こうも迷わず自決されるとは思わなかった。

これで、依頼者についての手掛かりはなくなったか……。

風魔法、《ドライウィンド》を使い、体中に浴びていた返り血を全て落とす。

「ふぅ……待たせたな、レアナ」

「ま、待ってなんかないわ。……それで、何があったの？」

「レーゼン王国の騎士崩れが三人いた。二人は殺したが、一人は自決してな。理由までは聞けなかった。俺かレアナを狙ったものだと思うが、俺には心当たりがない」

「騎士崩れ……？」

……どうやらレアナ自身にも身に覚えはないらしいな。

「とにかく、急いでここから離れよう。行くぞ」

「え、ええ。分かったわ」

俺は周囲の警戒を怠らず、ようやく馬を落ち着けた御者の元に向かい、早急にこの場を出発した。

「…………」

……自分が狙われたことがショックだったのか、レアナは俺のローブを掴《つか》んで離さない。まあ、理由不明で狙われれば、怖いよな……可哀想《かわいそう》に。

そのまま暫く馬車に揺られる。すると、レアナが「あ！」と声を上げた。

「どうした？　思い当たる節でもあったか？」

「いえ。あんたに助けられたのに、お礼言ってないなって思って。改めてありがとう。助かったわ」

「そんなことか。気にしなくてもいいのに」

「そういう訳にはいかないわ。……それにしても、あんた強いのね。びっくりしたわ」

……こうして真《ま》っ直《す》ぐ強いって言われたの、どれくらいぶりだろうな。俺なんか【白虎】では愚鈍のジオウとして知られてたんだが……。

「……あ、そうだ。ところであんた、名前は？　私も教えたんだから教えなさいよ」

「え？　名前？」

……これ、本名を言ってもいいんだろうか。……まあいいか。

「ジオウだ。ジオウ・シューゼン。ジオウって呼んでくれ」

「……ジオウ？　ジオウって、あの【白虎】の？」

やっぱり知られてたか……。

「ああ。先月限りで解雇されたがな」

「……【白虎】でも一番弱いって言われてたあんたがあんなに強いなんて……【白虎】って思ってた以上に化け物の集まりね」

「確かに」

これには苦笑いを浮かべるしかない。

正直、あいつらの強さは常軌《じょうき》を逸《いっ》していた。どこでそんな差が開いたんだろうな……。

「それでそれで、ジオウって今フリーなの？」

「ああ。ギルドも辞めて、ボナト村で暮らそうと思っている」

「ならさ、ちょっとだけ私とパーティー組まない!?」

……パーティー？

「レアナは、依頼でボナト村に向かうのか？」

「ええ。最近、ボナト村の近くに巨大なウルフ型の魔物が巣を作ったらしいのよ。私の依頼は、その巣の破壊よ」

巣を作るウルフ型の魔物……恐らくヴィレッジウルフだな。単体での強さはEランク。巣となると、Dランク相当の依頼になる。

「レアナのギルドランクは？」

「ふふふ、これでもCランクよ！」

レアナの指に嵌《は》まっている、Cランクの証である銅の指輪を見る。なるほど、嘘ではないらしい。

うーん……本当ならギルドの依頼をソロで受けた場合、他者の介入はご法度《はっと》なんだが……まあ、俺は既にギルドを抜けた身だ。ルールなんてクソ食らえってことで。

「……よし。引き受けよう。ボナト村の住民にも名前と顔を売るチャンスだしな。報酬《ほうしゅう》もいらない」

「本当!?　いやー、流石《さすが》元【白虎】！　気前がいいわね！」

「はいはい」

ニコニコほくほくしているレアナに苦笑いを浮かべつつ、俺達はパーティーの仮契約をした。

それからの道中は意外と楽しいものになった。

レアナとパーティーを組んだことで、レアナの方から積極的に話しかけてくれるようになった。

それも、一応【白虎】のことは全く触れてこない。レアナなりに気を使ってくれてるんだろう。

そしてレーゼン王国を出て一週間。俺達はようやくボナト村へ到着した。

村、とは言っても、集落のようなものではなく、結構大規模な町みたいだ。だけど他の町と違うのは、人間の他に亜人種の姿が目立つことくらいか。

「着いたわね、ボナト村！」

長かったーっ！　と伸びをするレアナは……意外と言うかやっぱりと言うか……残念胸だな。

「ジオウ、今失礼なこと考えなかった？」

「気のせいだ。それより、まずは宿を取ろう。宿代、出してやるから」

「本当!?　やっぱり、気前がいいわね！　モテるでしょ？」

「こんな程度でモテたら苦労しない」

レアナの冗談を軽く受け流し、近くにあるホテルに二部屋取った。

「えー、勿体《もったい》なくない？　私とジオウの仲よ？　一部屋でいいと思うけど」

「俺とお前の仲って……一週間荷馬車に乗っただけの仲だろう。それにレアナは可愛い。俺も男だ。万が一があっては困る」

実際そんなことはありえないが、念には念を入れてだ。

「かわっ……ふ、ふーん。ならいいわ」

ツーサイドアップに纏《まと》めた髪をモフモフと弄《いじ》る。何だ、照れ隠しか？　可愛い奴め。

ホテルにある程度の荷物を置くと、俺はコンバットナイフを装備し、待ち合わせ場所のホテル前に向かった。

「悪い、待たせた」

「私もさっき来たばかりよ。それじゃ、ボナト村の村長の所に行きましょうか」

歩くこと数分。レアナは既に場所をリサーチ済みらしく、直ぐに村長宅へ着いた。

村長宅をノックすると、中から筋骨隆々の青年が出てきた。中々鍛え上げられてるな。

「はじめまして。依頼を受けて来たレアナ・ラーテンです」

「おおっ、お待ちしていました。私は村長の息子、ナルタと申します。……そちらの方は？」

青年が訝《いぶか》しげな表情で見てくる。レアナも、俺の言い訳までは考えていなかったのか、アワアワとフリーズしている。

……ここで名前を出すと面倒なことになりそうだな。

「実は、今日の依頼はレアナのランク昇級を含めたものになっていまして。俺はその見届け人です」

「左様でしたか。ではどうぞ中に」

ふぅ、何とか切り抜けたな。

（あんた、頭回るわね）

（まあ、伊達《だて》に元Aランク冒険者じゃないってことだ）

ナルタさんに聞こえないよう、レアナと小声で会話する。これくらいピンチでも何でもない。

ナルタさんの案内で通された応接室で、頭がハゲ上がっているものの、ナルタさんに引けを取らないほど鍛え上げた体の男性がソファーの前で俺達を出迎えた。

「父上。レアナ殿をお連れしました。隣にいる彼は、レアナ殿の昇級試験の見届け人です」

「うむ。ナルタ、彼らにお茶を」

「はい」

ナルタさんが応接室を後にすると、俺達は勧められるままにソファーに腰を下ろした。

「わざわざご足労いただき、かたじけない。私がボナト村村長、ガルタです。早速ですが、依頼内容の詳細を説明させていただきます」

……何となくだが、俺達よりガルタ村長の方が疲れてるように見えるな。やっぱり村の近くに魔物の巣が出来てるから、精神的に疲れているようだ。

早速、ガルタ村長から見かけた魔物の特徴、場所、被害等を教えてもらう。

「毛の色は緑と茶色の混合で、常に三匹ずつで動いています。一ヶ月前からこの辺に棲《す》み着き、今では農作物や家畜にも被害が出ています」

緑と茶色の混合……それと肉だけではなく、農作物も食い荒らす雑食性……間違いない、ヴィレッジウルフの特徴と一致するな。

「それに、最近ではウルフの赤ん坊まで見たという住民もいるのです。繁殖し、数を増やしているのは間違いないと思われます」

確かに奴らは群れではなく巣を作り、巨大なコミュニティを築き上げ、周囲を貪《むさぼ》り尽くす。餌がなくなればコミュニティは複数の群れに分散し、またコミュニティを形成する。

つまりヴィレッジウルフを放っておけば、下手するとその土地が不毛の地に変わってしまうのだ。

「なるほど、分かりました。早速今から、討伐《とうばつ》に行ってきます」

「何と！　それは心強い！　無事巣を破壊してくれた暁には、報酬は弾みますぞ！」

ガルタ村長、目を爛々《らんらん》と輝かせてるな。……心中、お察しします。

村長宅を後にした俺達は、ヴィレッジウルフがよく現れるという村の南部へ向かった。

「ヴィレッジウルフの巣の破壊かぁ……ねぇジオウ。私に出来るかしら？」

「そうだな……ヴィレッジウルフが現れて一ヶ月なら、相当デカい巣のはずだ。ギリギリかもしれない」

「ギリギリ……ま、その時は期待していいわよね、ジオウ？」

「まあな。だけど、これはお前が受けた依頼なんだし、出来るだけ自分で頑張ってみろよ」

「分かってるわよ。私だってCランク冒険者の誇りはあるわ」

それならいいんだが……。

だけど、俺が心配してることはもう一つある。例の騎士崩れの件だ。このタイミングで狙ってくる可能性もゼロじゃない。レアナが集中して依頼を達成出来るように、俺も最大限バックアップをしてやろう。

……ん？　そうだ。

「レアナ、今から行くって言ってたけど、旅疲れはどうだ？　もしあれなら、今日は調査で明日討伐でもいいと思うが」

「それがね、ここ何日か異様に体力が有り余ってるのよ。何でかしら？」

「いや俺に聞かれても」

「ジオウとパーティーを組んだ安心感かもね。ま、という訳で心配無用よ」

……ならいいんだけどな……。

◆◆◆

「……見つけたわね」

「ああ。思いのほか早かったな」

　巣を探して三〇分。森の木々に隠れるようにして作られたヴィレッジウルフの巣は、かなり巨大なものとなっていた。こんだけデカい巣を作ってたら、そりゃ農作物や家畜の被害も半端じゃないだろうな。

　巣の中では、ヴィレッジウルフ達が日向ぼっこをしたり、食料を食べたりしている。それを俺達は、僅か数メートルの近さで観察していた。

「でも、何で私達に気付かないのかしら……ウルフ型の魔物って、嗅覚《きゅうかく》が異様に良かったと思うんだけど」

「予《あらかじ》め風魔法で臭いと音を消して、光魔法で姿を消しているからな」

「……それ当然のことのようにやってるけど、ジオウって属性二つ持ってるの？」

「正確には水属性も加えて三つだ。水と風の混合魔法で氷属性を含めるなら四つになる」

【白虎】では、所持属性は最低三つはないといけない。それでも、他のメンバーは六つも七つも持っていて、俺が最少だったんだけど。

「……一応言っておくけど、普通は属性は一人一つ。どんなに才能があっても、三つが限界なのよ。それに混合魔法なんて、魔法の才能をどれだけ持っていても、殆《ほとん》どの人は出来ない。明らかにあんたが異常よ？」

「……そうなのか？　混合魔法程度なら、【白虎】では三つ掛け合わせる奴とかざらだったぞ」

「……何なの、【白虎】って。確実に国一つ潰せるじゃない」

そう言われてもな……俺もそこにずっといたから、全く疑問に思わなかったけど……。

「……はぁ、この話は後にしましょう。じゃあ魔法を解いて」

「このままでもいいんじゃないか？」

「言ったでしょ。私にもCランク冒険者としての誇りがあるの」

「……了解」

言われた通りに魔法を解除すると、剣を握り締めて草むらからヴィレッジウルフの巣に向かって駆け出した。

「ん、あれ？」

何故か不思議そうな顔をするレアナ。

しかしそんなのお構いなしに、レアナは数メートルの距離を一歩で縮めると、反応の遅れたヴィレッジウルフの首を切断した。

「え……？」

……レアナの奴、さっきから何を戸惑ってるんだ？　Cランクなら、Eランクのヴィレッジウルフくらい楽勝だろ？

レアナが何かに気付いたかのように、俺の方をギロリと睨《にら》んだ。え、俺何もしてないけど……。

レアナの奇襲にヴィレッジウルフが臨戦態勢になる。こうなったら厄介だぞ。どうするレアナ。

だが、レアナは俺の心配をよそに、凄《すさ》まじいスピードで駆け抜け、一振りで三匹のヴィレッジウルフを粉砕《ふんさい》した。斬り裂く、ではなく、粉砕。えぐい戦い方をするじゃないか。

遠吠えを上げるヴィレッジウルフ。だけどレアナは止まらない。疲れを知らないのか、延々と同じスピードで動き、ヴィレッジウルフを屠《ほふ》っている。……最近のCランクはこんなに強いのか……何か、才能の違いを見せつけられてるみたいで凹《へこ》むなぁ。

レアナの目覚ましい活躍ぶりを眺めていると、巣の奥から他のヴィレッジウルフとは違う個体が現れるのが見えた。ヴィレッジウルフと同じ毛色だが、牙のデカさと側頭部から生えてる二本の角が、他のウルフとは違う。

間違いなくこの巣の長《おさ》だろう。見た目と漂う気配からして、Bランク寄りのCといったところだ。

……こりゃ、俺が入らないとまずいかもな。

俺もコンバットナイフを抜いて茂みから出ようとすると、レアナが制止するように手を突き出してるのが見えた。……どうやら、一人でやるつもりらしい。ここはレアナの意思を尊重しよう。

レアナが剣を両手で構え、ヴィレッジウルフの長に向かって正対する。他のヴィレッジウルフは、レアナを囲うようにして威嚇していた。

「すー……はぁー……」

深く深呼吸をする。

「……んっ！」

地面を蹴り、長に向かい一歩踏み出す。が、長も合わせるようにレアナに襲いかかった。

流石、長なだけある。他のヴィレッジウルフと比べても、相当な速さだ。

だが……それ以上に目を見張るのは、レアナの動きだ。実戦に慣れていないからか、動きにムラがあるが……それでも長の動きにちゃんと対応出来てる。

しかし……。

「くっ……！」

体勢を低くし、二本の角を活かした突進。突進に全力を使っているからか、今までより数段速い。

レアナも辛《かろ》うじて避けたが、脇腹をかすめたみたいだ。血が滲《にじ》んでるな。

「こんのぉ！」

がむしゃらに剣を振り下ろすが、既に長はレアナの間合いから外れている。

仕方ないな……。

「レアナ」

「手出ししないで！」

「手出しはしないさ。だが、口出しはさせてもらう。お前のパワーなら長の攻撃を受けきれるはずだ。次の突進が来たら、落ち着いて全力で攻撃してみろ」

「な、何馬鹿なこと言ってるの⁉　あんなの、私がまともに受けられるはずないじゃない！」

「いいや出来る。俺を信じろ」

「……ああもう！　死んだら枕元に化けて出てやるんだから！」

長の攻撃を避ける、避ける、避ける。

痺《しび》れを切らしたのか、ヴィレッジウルフの長はまた体勢を低くした。突進の構えだ。

「全力、全力、全力……」

ぶつぶつぶつぶつ……。

剣を振りかぶり、タイミングを外さないように長にだけ集中する。

そして——突進。あ、やべ。さっきよりも速い……！

「やあああああああああああ!!」

振り上げていた剣を、気合と共に振り下ろす。

ジャリィ!!　レアナの剣と、長の角が衝突し、花火が散る——。

が、次の瞬間には長の角は粉砕され、剣が頭頂部に衝突し、頭部がバラバラに砕け散った。

…………。

……いやいやいやいやいやいやいやいやいやいや。待て待て待て待て待て待て待て待て。

確かに受けきれるって言ったよ。レアナの動きや、ヴィレッジウルフを纏めて粉砕したパワーを見たから、受けきれる自信はあったよ。

でもさ、長の頭部を粉砕って強すぎじゃね？　レアナちゃん強すぎよ？　俺より強いんじゃないのこれ？　え、凹む。

流石に長がやられて焦ったのか、ヴィレッジウルフ達がたじろぎ、しっぽを巻いて逃げ出した。

数秒後、巣には俺とレアナを残し、生きている生物はいなくなっていた。

……とりあえず労《ねぎら》おう。俺は大人だ。年下が俺より強いなんて、今に始まったことじゃないしな。

うん。俺は大人だ。

「お疲れ、レアナ」

「……ジオウ」

え、何？　怒ってる？

さっきと同じく俺を睨んだレアナは、大股で俺に近づいてきた。

「あんた、私に身体強化系の魔法使ってたでしょ！　私あそこまで強くないわよ！　私にも誇りはあるって言ったでしょ⁉　邪魔すんじゃないわよ！」

……へ？　身体強化魔法？

「い、いや、そんなものは掛けてないぞ。そもそも、俺は身体強化魔法は使えない」

「……え？」

「え？」

…………んん？

「で、でも私……私こんなに強くない。あんなに素早く動けないし、ヴィレッジウルフと言っても、一撃で首を切断なんて出来ないのに……」

「……そうなの？」

あんなに何の違和感もなくスパスパやってたから、慣れてるのかと……。

「……私、この仕事の前に、一つ依頼をこなしてきたのよ。内容は、ドリルバードの討伐。ランクDの依頼よ」

何か語り出したぞ。

「ランクDの依頼でも、かなり苦戦したわ。つまり私の実力は、Dランク寄りのCランクってことよ。それなのに、あんな動きが出来ると思う？」

「……思わないな」

その話が本当なら、今回の依頼もかなり苦戦することになる。いや、長が出てきたから、失敗の可能性もあった。それなのにあんなに余裕で……。

「あの時と今の違い。それは、あんたがいることよ」

「……俺が？」

「ええ。でも身体強化魔法を使ってない……となると、魔法じゃなくてスキルの方かしら。ジオウって、何かスキル覚えてたりする？」

「いや、覚えてないぞ」

スキルは魔法とは違い、どちらかと言うと自分の防御力や攻撃力、自己治癒《ちゆ》力を上げたりするものだ。残念ながら、俺はそんな便利なものを持っていない。

「……もしかして、隠しスキルのせい……？」

「隠しスキル？」

確か、まだ完全に覚醒してないスキルのことで、スキル鑑定でも見極めることが出来ないスキル。それが隠しスキルだったたか。

隠しスキルを覚醒させるには、それを自覚するしかない。でも自覚する方法は、本人が気付く以外ないとされている。一生気付かない場合もあるし、子供の時に気付く場合もあるらしい。

「……ねぇ、もし良ければ、私が鑑定してあげましょうか？」

「……何？」

鑑定、だと？

「私の眼《め》は《鑑定眼》と呼ばれる魔眼で、対象の潜在能力の全てを見る力がある。隠蔽《いんぺい》されているステータスも、隠しスキルも、この眼の前では全てを曝《さら》け出すことになる。それでもいい？」

……そうか、魔眼持ち……しかも《鑑定眼》か。確か魔眼の中でも極々低確率でしか現れない超激レアの魔眼だったはずだ。

もしこれで、本当に俺が隠しスキルを持ってたら……て、ちょっと期待しちまうな。

「……分かった。頼む」

「分かった。行くわよ」

レアナの金色に光る眼が真っ直ぐ俺を見据《す》える。

次の瞬間——ガラスを粉々に割るような音が頭の中に響き渡ったのを感じた。

「っ!?　まさか、鑑定しただけで隠しスキルが解放されるなんて……殆ど解放されかかってたみたいね」

「……解放されたのか？」

「ええ。それにしても……とんでもないスキルよ。これで、あなたのいた【白虎】とギルドが何であんな化け物揃いなのか、納得がいったわ」

……納得が、いった……？　どういうことだ？

「自分の中に意識を向けてみなさい。スキルの詳細が分かるから」

「……分かった」

俺は目を閉じて、意識を集中させる。

すると、頭の中に何やら文字が浮かび上がり……そこには、驚愕《きょうがく》の事実が記されていた。


———

スキル名：《縁下《えんのした》》Lv．1
スキルランク：ユニーク
発動条件：オート
効果：発動者が所属する組織全体のステータス量を一定の倍率で増加させる。
倍率：2倍

◆◆◆

それからヴィレッジウルフの巣を全て破壊した俺達は、早々にボナト村に戻って報告した。

依頼達成が早すぎたからか、ガルタ村長とナルタさんからは散々疑われた。確かに、長を倒したことでヴィレッジウルフ達はみんな逃げていったから早かったのだが……。その疑いも、村の衛兵が巣の破壊を確認したことで晴れた。

村を救ってくれたことを祝い、祭りを兼ねた食事に誘われたが、ランク査定として俺の評価があると言って断り、村長の家を後にした。

場所は変わってホテル。俺の部屋には、レアナが椅子に座って足を組んでいた。

「もう分かってると思うけど、ジオウの隠しスキルはユニーク。しかも解放されてない状態でも効果が発動していたわ」

「……そんなことあるのか？」

「ええ。稀《まれ》に強すぎるスキルは、解放されてなくても影響を与えるのよ。でも、それが解放されてちゃんとしたスキルになった。私の体感では、解放前のステータスは一・五倍。解放後のステータスは二倍ね」

そう言って、レアナは買ってきたリンゴを手に取ると、粉々に握り潰した。っていや怖っ⁉

「前の私ではこんなこと出来なかったわ。つまり、仮でもあなたとパーティーを組んだことで、その恩恵を得られてる訳ね」

「……えっと……つまり、俺がギルドに所属していたから、ギルドの奴も、【白虎】のパーティーメンバーも、ステータスが一・五倍に上がってたってことか？」

「その通りよ。ついでに言えば、所有属性にも影響を与えてるみたいね。今まで私は火属性しか使えなかった。でも、今は水属性も使えるみたい」

レアナが水属性の簡易魔法を使うと水の球体が現れ、レアナはその中で、汚れた手を洗った。

組織に所属してるメンバーのステータスを上げる、か……。

「……ん？　あれ？　でも俺、スキルが解放されても何の違いも感じないが……？」

「嘘、そんなはず……あ、まさか……」

レアナがもう一度俺に《鑑定眼》を向ける。

「……もしかして……うん、間違いないかも」

「何だ？　何か分かったのか？」

「……ユニークスキル《縁下》。これ、名前の通りよ」

名前の通り？

「縁の下の力持ちって言葉があるでしょ？　人の目に付かず、他人を支えるって意味の」

「……まさかっ」

「そのまさかよ。このスキルは、あんた自身には作用しない。組織に所属することで、同じ組織に属する相手を対象に初めて発動するわ」

……そんな……じゃあ、ギルドを抜けたってことは……ギルドのみんなが、弱体化するってことじゃないか……。

「っ！　俺、戻るよ」

「……何を言ってるの？」

ああ分かってる。自分がありえないことを言ってるのは。

「確かに俺は虐《しいた》げられてきた。時には仲間からの攻撃を受け、生死の境をさまよったこともある。だけど、俺がいなくなったあいつらは、弱体化した力でいつもと同じように高難易度の依頼を受けるだろう。そうなったら、あいつらは間違いなく……」

死ぬ。その言葉がどうしても出てこなかった。

俺が受けたここ数年の仕打ちを考えたら、戻りたくはない。

だけど、【白虎】を結成した六年前。まだ弱小パーティーだった【白虎】を、一から一緒に作っていったのは紛れもない事実だ。そんな奴らが、何も知らないうちに死ぬ。そう考えただけで、言いようのない感情があふれ出してくる。

どうでもいいという気持ち。助けたいという気持ち。

死ねばいいという気持ち。死んで欲しくないという気持ち。

だけどレアナにはそれが看過《かんか》出来なかったみたいで、俺の胸ぐらを掴み上げた。

「レーゼン王国の奴らは、みんなあんたのことを馬鹿にしてたのよ!? 知らなかったとは言え、あんたがいてこそのレーゼン王国だった！ 力に溺れ、驕《おご》り昂《たかぶ》っても、人として越えちゃいけない一線を越えた！ 他人を蔑み、嘲笑《あざわら》い、虐げた！ あんたがあいつらの所から逃げたんじゃない！ あいつらがあんたのことを手放したのよ！ 何でそれで、あいつらの所に戻るって言うの!?」

「で、でも、俺がいなきゃあいつらは弱体化する……つまり、いつも通り依頼を受ければ……」

「自業自得！ それ以上もそれ以下もない！」

レアナは俺の胸ぐらから手を離し、ゆっくり、優しく肩に手を置いた。

「よく聞いて、ジオウ。あんたがもし戻ったとして、そのスキルのことを知れば、全員手の平を返して接してくるわ。優しく、丁寧《ていねい》に、労《いた》わるように。でもそれは、あんた自身を見てのことじゃない。あんたのユニークスキル目当てのことよ。それさえあれば、あいつらはいつまでも最強でいられるから。もしあんたがそれに嫌気がさして逃げようとしても、あいつらはあんたを逃がさない。嬲《なぶ》り、いたぶり、拘束し、自殺しないように洗脳し、人とは思えない扱いをしてくるでしょう」

「…………」

「それでもあんたは、王国に戻ろうって言うの?」

…………。

……確かに、な……あいつらの性格の悪さは、最悪と言っていい。今レアナが言ったことくらい平気でやって来るだろうし、もしかしたらもっと酷《ひど》いことになるかもな……。

落ち着いてきた……それと同時に、色々なことを思い出してきた。

六年前、レイガと共に【白虎】を設立した時は、あいつは優しかった。誰にでも分け隔てなく接し、誰からも尊敬されていた。

俺がピンチの時も、仲間がピンチの時も、見捨てず、助けてくれる……まさにカリスマ的存在だった。

でもやがて——今思えば俺のスキルの影響なんだが——パーティーの実力が飛躍的に上がり、俺自身の力がそれに追いつけなくなり始めて、いくつか連続でへまをやらかしたんだ。

パーティー内に苛立ちが募った。それにより、あいつの中に俺に対する悪感情が芽生えていったんだろう。俺の力が【白虎】では物足らないと分かると、パーティーを率いて俺を虐げた。

あいつは弱い。愚鈍でのろま。【白虎】に寄生する雑魚《ざこ》。

奴の言葉は噂となって国中に広がり、今ではどこへ行っても厄介者扱いされる。

優しく、頼りになったレイガは、自分の力に溺れ、弱い奴を決して許さず、変わっていった。

——いや、変わったんじゃない。あいつは、本来がああいう性格だったんだろうな……。

なら、俺は……。

「…………すまなかった、レアナ。もう大丈夫だ」

「なら、あんたの答えは？」

「……戻らない。俺は、俺の道を進むよ」

「そう？　なら良かったわ」

にこりと、まるで慈愛の女神のように微笑《ほほえ》んだ。

ああ、俺はもう迷わない。

「……それで、これからどうするつもり？　私レベルの冒険者から見れば、あんた一人でも化け物みたいに強いけど、あんたの真価は組織の中でこそ発揮されるわ」

「俺が化け物かはともかく、そうだな……」

本当なら、ボナト村で衛兵になろうと思ったんだが……衛兵になっても、また同じことの繰り返しになりそうな気がする。力は人を狂わせる。身をもって体感したんだ。もう間違えない。

かと言って、生きていくためには仕事をしないって訳にはいかないし……。

……………。

「……そうだ」

俺が組織にいるだけで、同じ組織に所属している奴が力を得る……それなら。

「何かいい案を思いついた？」

「ああ。ギルドを作ろうと思う」

「……ギルド？」

「国に属さないフリーのギルドを作るんだよ。俺がいるだけで組織が強くなるなら、俺の存在と力を他組織に知られる訳にはいかないだろ。間違いなく世界中が混乱する。勿論《もちろん》、どうせ組織を作るなら大規模に。どこにも負けないギルドを作ろうと思う」

国に所属すると、絶対面倒事に巻き込まれるだろうからな。それなら自由に動けるギルドの方が国の思惑に左右されないで、世界の動向から身の振り方を選べそうだ。

「…………」

「……ん？　どうした、クルッポーが爆裂豆を食らったような顔をして」

「……あ、いや……私の予想では、傭兵《ようへい》にでもなるのかなーとか思ったんだけど……」

「それだと、俺と契約した組織が【白虎】の二の舞になるだろ？　だったら、自分で組織を作った方がいいと思ったんだ。もし力に溺れる奴が出てきても、契約を破棄すれば元に戻るだけで済むし」

俺が組織に入るんじゃなくて、俺が組織の長となる。

逆転の発想だが、こうすることで丸く収まりそうだ。

そこまで説明すると、

「……面白いわね、それ。ねぇ、そのギルドに私も入れてよ」

レアナも乗ってきた。

「勿論そのつもりだ。今の俺には伝手も何もない。頼りにしてるぞ」

レアナに手を差し出す。こいつも面白そうなことに敏感なのか、ニヤリと人の悪い笑みを浮かべて手を取った。

その瞬間、レアナと俺を白い光が包み込み、頭の中に次の文字が浮かんだ。

◇◇◇◇◇

レアナ・ラーテンと本契約を結びます。

契約内容：雇用契約

契約破棄条件：

①雇用主の契約内容の破棄　②雇用主の死亡　③被契約者の死亡　④被契約者の悪事発覚
⑤雇用主への攻撃的行動
契約しますか？
・YES
・NO
◇◇◇◇◇

迷わずYESを選択。

◇◇◇◇◇
レアナ・ラーテンと本契約を結びました。
◇◇◇◇◇

文字が消えると同時に、俺達を包む光も消えた。

「これで、本契約完了みたいだ。よろしくな、レアナ」

「こっちこそ、よろしくお願いするわ、ジオウ」

◆◆◆

「それじゃあ次の計画を考えようか」

ギルドとは言っても、今は俺とレアナの二人しかいない。

最低限、ギルドに必要なのは三つ。

拠点。仲間（ギルドメンバー）。固定の依頼主だ。

拠点がなくちゃ動こうにも動けないし、ギルドメンバーがいないと仕事が捌《さば》けない。そもそも資金源となる固定客がいないと、資金難で頓挫《とんざ》するだろう。と言うか餓死する。リアルに。

それに、ユニークスキル《縁下》の力も明確にしておきたいところだ。まだ明確になってない力もあるはずだからな。

「レアナ、最初はかなり苦労させてしまうかもしれないが、大丈夫か？」

「勿論よ。苦労は買ってでもしろって言うでしょ。ギルドを大きくするためには、いくらでも頑張ってやるわ」

「……ありがとう」

最初はレアナに頼りっきりになると思うが、俺に出来ることはやっていこう。

「そうだな……じゃあ最初に、資金を集めよう。レアナはどこのギルド所属なんだ？」

「冒険者ギルドだけど、ジオウのいたギルドとは別よ。私は南支部。ジオウは西支部でしょ？」

確かに、冒険者ギルドは複数あったな……よし。

「まずは、南支部のギルドでBランク、欲を言えばAランクになって欲しい。名前と顔が売れれば指名依頼も来るだろうし、その客をこっちに流れるようにする」

「分かったわ。でも、私に指名の客なんて付くかしら？」

「レアナは可愛いくて強いから問題ない」

「かわっ……ま、まあいいわ。了解よ」

顔を真っ赤にしながら、髪をモフモフする。うんうん、年相応の反応だ。

レアナの反応に内心ほくほくしていると、

「ジオウはどうするの？　まさか、ただ待つだけじゃないわよね？」

「当たり前だ。俺は仲間集めに出る。一人心当たりがあるんだ。……まあ、性格はちょっとあれだし、やべぇ奴だが……頼れる奴ではある。元冒険者だから、荒事も得意だ」

「性格があれって何⁉」

…………。

「出発は明日の朝。とりあえずの拠点はこの村だ」

「ちょっ、無視すんな！」

はっはっは。聞こえんな。……そうだ。

「レアナ。勘でいいが、どのくらいでAランクになれそうだ？」

「え？　そうねぇ……ヴィレッジウルフとの戦闘と、私の知るAランク冒険者の実力を考えると……レベル上げも必要になるけど、今の感覚で言えば二週間もあればAランクになれると思う。レーゼン王国との移動も考えれば、一ヶ月は欲しいところね」

「分かった。じゃあ一ヶ月後を楽しみにしてるぜ」

でも、そうか……一ヶ月で俺と同じランクになるんだなぁ。《縁下》の効果を考えたら仕方のないことだけど、いざ意識して目の当たりにすると凹む……いや、いかん。いかんぞジオウ！　仲間の成長は喜ぶべきことだ！　うん、いいことだ！　気持ちを切り替えろ、俺！

何にしても、これで、短期的な目標は決まったな。

中長期的な目標は……一ヶ月後の結果以降に考えよう。

「今日はもう休むぞ。本格的な始動に向けて、今は少しでも休むんだ」

「私、疲れてないわよ？」

「疲れてなくても、休める時に休むのは冒険者の基本だぞ」

「むぅ……はーい」


翌日。俺達はボナト村の馬車駅にいた。これからレーゼン王国へ向かうレアナを送り出すためだ。

レアナはレーゼン王国行きの馬車に乗り込み、ひょこっと顔だけ出している。レアナの美貌と仕草が似合わず、何となく子供っぽいと思うのは気のせいだろうか。まるで小動物を見てるみたいだ。

が……何だ？　何か落ち着きがないぞ、こいつ。

「どうした。馬車が初めてでもあるまいし。それとも厠《かわや》か？」

「ちっがうわよ。レディに対して失礼ね！」

じゃあ何なんだ？　元気いっぱい娘が、そんな憂いのある表情をしてもちょっと不気味だぞ。

「……何だか不思議な気分って思っただけよ。これから物理的に離れ離れになるのに、胸の中にずっとあんたがいるみたい。全然不安じゃないわ。不安じゃないのが不安って、何だか贅沢《ぜいたく》ね」

……確かに、言われてみたらそんな感じがするな。

「俺も、何故だかお前がずっと側《そば》にいるみたいだ……」

恐らく契約したことによって、俺とレアナの間に見えない何かが繋《つな》がってるのだろう。どこにいても居場所が分かる……不思議な感じだ。

レアナがくすぐったそうにはにかむと、御者が鈴を鳴らした。もう出発か。

「じゃ、ちゃちゃっと行ってくるわ」

「おう。待ってるぞ」

拳を合わせると、馬車はゆっくりと出発し、ボナト村を離れた。

……行ったな。あいつも頑張るんだ。俺もうかうかしてられないな。

よし、俺も行くか。馬車が見えなくなるまで見送り、振り向く。と……え、何だ？　何でみんな、そんな微笑ましい感じで見てくるんだ？

周囲の反応にたじろいでいると、近くにいたふくよかなオバサンが俺の背中を力強く叩いた。

「あんちゃん達新婚かい？　いやー、見てて砂糖を吐きそうだったわさ」

えっ？

豪快に笑って去っていくオバサンを見ていると、他の住民達も散り散りになっていった。

……あ、あぁー……さっきの会話、思い返してみると付き合いたてのカップルか新婚みたいな会話だな……な、何かすげー恥ずかしくなってきたぞ……！　うわ、これ絶対顔真っ赤だよ。さっさと馬車に乗り込もう……！

足早に別の馬車へ乗り込むと、その直後に馬車が動き出す。

俺の目的地は、霊峰《れいほう》クロノス。標高四八九〇メートルで、中央大陸では最高峰の高さを誇る。その山頂に、俺の訪ねるべき友人が住んでいるのだ。……いや、住み着いてるって言った方が適切か。

あんな場所に好き好んで住む奴なんか、あいつ以外いないし。

ボナト村からクロノスの麓《ふもと》までは、馬車で三日。往復一週間弱で帰ってこれるだろう。

問題は、あいつが俺のギルドに入ってくれるかなんだが……あいつの力は、絶対俺達の役に立つ。

引き入れない手はないだろう。

……何事もなく話に応じてくれるか、不安だなぁ……。

◆◆◆

特にハプニングもなく――レアナの方も何もないみたいだ――馬車に揺られること三日。

霊峰クロノス……改めて見ると、本当に巨大だなぁ。

もう直ぐ日の入りなのか、辺りが余計暗く感じるぞ。流石にこんな時間から登る輩《やから》はいないのか、俺と一緒に来ていた客は次々に近くの山小屋へ入っていく。

俺はと言うと、山小屋へは寄らずそのまま山道へ続く道へ向かう。

「ん？　おい兄ちゃん！　今日はもう入山禁止だぜ！　さっさとこっち来な！」

「問題ない」

「いや問題だらけだよ⁉　霊峰クロノスは兄ちゃんが思ってるほど甘かねぇ！　入っても死ぬのがオチだ！」

「問題ない」

霊峰クロノス程度、今までの依頼や最高難度ダンジョンに比べたら、庭みたいなもんだ。

山小屋のおっちゃんの静止を無視し、クロノスへ足を踏み入れる。

一歩で二〇メートルほどの距離を進み、更に一歩、一歩と進む。

これくらいは、【白虎】では基本技能だ。けど……あいつらは一歩で三〇メートルも進んでいた。それも俺のスキルありきだったが、食らいついていくのは本当に苦労したぜ……。

と言っても、多分今のあいつらには無理な技能だろうけどな。

ただこの歩法、めちゃめちゃ疲れる。

俺も体力はある方だが、三〇〇歩程度で疲れきってしまう。でも今回はそこまで走らなくても踏《とう》破《は》出来るから、問題はないだろう。

景色が前から後ろに流れる。

……ん？　この気配……アンデッドか。

俺の気配を感じたのか、アンデッド系の魔物が襲いかかってくる。

霊峰クロノス。霊の字が付く通り、アンデッド系の魔物が多発する場所だ。特に日暮れから夜に掛けては、アンデッドの動きが活発になる。

活発と言っても、今出てくるのは動きのとろいグールか。

「邪魔だ」

アンデッドは光や火に弱い。それ以外の魔法は特に効果はないが……光魔法を使える俺にとっては、ただの雑魚だ。

「光中級魔法《聖光《アーク》》」

突き出した右手が光り、アンデッドを浄化していく。

雑魚とは言ったが、アンデッドは体力が異様にある。初級冒険者卒業用の魔物だ。こいつらを一撃で倒せるようになれば、レベルもかなり上がっていると言ってもいい。俺はめんどいから光魔法で浄化していくけどな。使えるものは使うのが俺の流儀。

そんなアンデッドを浄化しながら進んでいく。が……。

「ん？」

何だ、この気配……でかい。それに強い気配だ。距離にして二〇〇メートル先。これは……。

「アンデッドキングかっ」

アンデッドの頂点。最強のアンデッド。不死者。死を超える者。色々な言い方はあるが、簡単に言えば討伐ランクAの魔物だ。Aランク以上の冒険者が討伐対象にする、正真正銘の化け物。

先手必勝！

「《聖光の退魔剣《アーク・ソード》》！」

光上級魔法《聖光の退魔剣《アーク・ソード》》を、三〇本召喚《しょうかん》し、風初級魔法《気流操作》で浮かび上がらせ、気流を操り、目の前に現れたアンデッドキングに向けて投擲《とうてき》！

「ふっ――――！」

アンデッドキングは防御魔法を何重にも張るが、その全てを粉々に砕いてアンデッドキングの体をズタズタに斬り裂いた。

アンデッドキングは確かに化け物だ。だが、化け物の中では雑魚として知られている、Bランク寄りのAランクだ。俺もAランク冒険者の中では雑魚だが、今更俺を止められる魔物じゃない。

アンデッドキングの残骸を無視して駆け登ると、ようやく山頂に辿《たど》り着いた。

頂上には草木一つ生えていない。標高が高すぎて、この辺に自生する植物はいないらしい。それにここはアンデッドの巣窟《そうくつ》だ。動物の気配も感じないな。

だけど……場違いな感じの木造一軒家が建ってるぞ。風雨に晒《さら》されて、かなりぼろっちいけど。

「おい、いるか？」

挨拶《あいさつ》もなしに入る。俺とこいつの関係は、今更改まるものじゃないからな。

……薄暗いな。天井から吊《つ》り下げられている、趣味の悪いしゃれこうべの口の中に蝋燭《ろうそく》を立て、それが薄暗い部屋の中を照らしているだけだ。家具全般は揃っているが、何とも生活感が薄い。

そんな中に、人影が一つ。

「……あら？　懐かしい声と顔ですね」

この場所に似合わない、暗色のゆるふわ系の服を着た女が、テーブルの上の頭蓋骨《ずがいこつ》を撫《な》でながら椅子に座っていた。相変わらずの趣味で、逆にほっとするな。

「アンデッドキングなんて出してきたくせに、白々しいな。あいつ、お前の差し金だろ」

「ふふふ。欲を言えば貴方《あなた》の死体を愛《め》でたかったのですが、やはりアンデッドキング程度では殺せませんでしたか」

やっぱり殺しに来てたか。いかれてるな。

じとーっとした目で睨む。リエンはそんなことお構いなしに、目で座るよう促してきた。

……立ってるのもなんだし、座らせてもらおう。

この女はリエン・アカード。アンデッドキングや、それ以上のアンデッドを使役《しえき》するネクロマンサーかつ俺の十年来の友人で……死体に愛を注いでいる、死体愛好者《ネクロフィリア》だ。

要約すると、変態だな。

◆◆◆

こいつと最後に会ったのは、確か三年前だったか。それからは互いに連絡も取ってなかったが。

「元気にしてたか？」

「はい。あれからレベルも上がり、今では一〇〇体の死体を使役してますよ。欲を言えば、一五〇体は使いたいですが」

げっ、マジか……三年前は、七〇体が限度だったはず。それより増やしてるとは……流石だな。

「あれから」と言うのは、リエンが冒険者を引退……いや、事実上ギルドを追放された時だ。

追放された原因は、殺人未遂。

当時気に入った冒険者仲間の女の子を暗闇に連れ出し、殺そうとしたところを騎士団に捕らえられた。それから脱走し、今はこうして人の寄り付かない霊峰クロノスに引きこもっている。

本人は否定もしないし肯定もしてないが、現場検証やこいつの趣味からして、ほぼ間違いなく黒。

流石の俺も、こいつとの接し方に悩んだもんだ……。

当時のことを思い出してドン引きしていると、リエンが使役している死体メイドの一体が、お茶と茶菓子を運んできた。

「こいつは初見だな。三年間で増えたのか？　どこのどいつだ？」

「他国の元Sランク冒険者です。賞金首の私を討伐に来たので、ちょちょいとヤッチャイマシタ」

そんな虹彩《こうさい》を消した目で見るんじゃない、怖いだろ。それよりも。

「はぁ？　元Sランク？」

メイド服を着ている死体を見る。ふわっとした服の下に隠れてはいるが……確かに、秘めた力はとんでもなさそうだ。

「……お前、Sランク冒険者以上に強いのか？」

「まあ、この子一人に相当苦労しましたけどね。残り十体まで削られた時は、流石に焦りました」

焦りました、て……こいつは予想以上だな……。

暖かいお茶を啜《すす》る。お、美味《うま》い。

茶菓子も遠慮なく食う。ああ、めっちゃ合う……。

そんな俺を見て、リエンがにまーっと笑った。

「……何だよ」

「いや、憑《つ》き物が落ちたような顔をしていますから、友人として嬉しいと思っただけです。【白虎】はどうしたんですか？」

「クビになった」

「だろうと思いました」

鈴を転がしたように笑うリエン。なら聞くな。ふんっ。

「それで、わざわざ顔を見せに来た訳ではないのでしょう？　そろそろ教えてくださいな」

「……ああ、そうだな」

さて、どこから説明するか……。

俺は、俺の置かれている状況を話した。

【白虎】を解雇されたこと。レアナという少女に会ったこと。ユニークスキル《縁下》のこと。そしてそれが解放されたこと。ギルドを作ること。そこに、リエンも入って欲しいこと。

一つずつ説明している間、リエンはにこやかにその話を聞いていた。

「……っと、こんな感じだな。どうだ？　頼めるか？」

腕を組んでいたリエンは、困り顔で首を傾《かし》げる。

「そうですねぇ……今の私は指名手配中なんですけど、人里に下りて危険に身を晒してまでのメリットが感じられませんね」

あぁ……そうか。そう言えばこいつ、お尋ね者だったたな。

確かにここなら、相当強い奴でない限り登りきることも出来ない、天然の要塞《ようさい》だ。昼のうちにここを踏破出来る奴なんて中々いないだろうし、夜になればアンデッドも活性化する。隠れるには持ってこいの場所だろう。

だけど。

「あるぞ、メリット」

「……私が納得出来るメリット、なのですね？」

確かめるように、値踏みするような口調で問いかけてくる。

「ああ。――死体の使役数を、二〇〇にしてやると言ったら？」

「――――」

お？　流石に唖然としてるな。そうだろうそうだろう。二〇〇体の死体を使うネクロマンサーなんて、Sランク冒険者にも殆どいないからな。

「さあ、どうする？　これで気に入らないなら、俺の手札はもうゼロだけど」

「ままま待ってください。二〇〇体なんてそんなうへへへ……っと、そんな根拠もないでへへへ」

止めろ、ヨダレ垂らしながら変な笑い声出すんじゃねぇ気持ち悪い！

「根拠ならある。レアナ……俺と契約した子の見立てでは、俺のスキルは契約対象者のステータスを二倍にアップさせるらしいからな。そのレアナに至っては、それまで火属性の魔法しか使えなかったのに、水属性の魔法も使えるようになったくらいだ」

「契約しましょう今直ぐどゅふふふふ」

いや変わり身早いな!?

「お、おう。なら手を握ってくれ」

右手を差し出すと、リエンは両手で俺の手を握り締めた。うへっ、ちょっとねちょっとしてる……汗なのかヨダレなのか分からないが、汚《きたね》ぇ。

「じゃ、じゃあ……契約するぞ」

「…………」

俺とリエンを光が包み込む。そして頭の中に、レアナの時と同じような文章が浮かび上がった。その文章でYESを選択すると、光が吸収されるように消えた。

「……ふぅ。どうだ？」

……リエン？

「…………ふひっ」

………ふひ？

「ふひ……ふひひひひ！　素晴らしい！　素晴らしいですよジオウさん！　あぁ何という万能感！　貴方の言っていたことは嘘じゃなかったのですねどゅるふふふふ……！」

「お、おう。喜んでくれたようで何よりだ……」

だからその気持ち悪い笑い声を止めてくれると助かるんだが……。これだからこいつ、昔から残念美人って言われるんだよな……。

「それで、リエン。俺と契約したからには、俺のギルドで働いてもらうが、いいな？　因《ちな》みに拒権はない」

「はい、問題ありません。それなら、呼び方をマスターとした方がいいですか？」

「いや、今まで通りジオウでいいよ」

「ですよねー。今更ジオウさんを別の呼び方で呼ぶとかちょっと無理なんで」

こいつ一発殴ったろか？

「ですが、山を下りるのは三日ほど待っていてください。折角二〇〇体もストック出来るようになりましたから、入れたくても入れられなかった死体を詰めてきます」

「お？　なら、ここで待たせてもらうぞ。家事なら任せろ、得意分野だ」

「はい。では早速行ってきますね♪」

リエンはメイドを連れて、鼻歌を歌いながら裏口から出ていった。

ふぅ……これで二人目、無事仲間に出来たな……最悪バトルすることになると思ってたから、助かった。今のあいつと戦闘になったら、俺死ぬかもだし。

とりあえず、あいつが帰ってくるまでに食事の支度とかしておくか。

◆◆◆

リエンと契約して丁度三日の朝。一人で朝食を食べ終えてのんびりしていると、壊れるんじゃないかってぐらいの勢いで扉が開かれ、リエンが戻ってきた。

「準備出来ました！　いつでも行けます！」

「はしゃぐんじゃない。歳を考えろ歳を」

俺が今年で二十一歳。リエンは確か二十な――。

「おいテメェ女に歳の話をスルンジャネーヨ殺スゾ」

「ひゅっ……しゅみましぇん……」

いや攻撃行動じゃないにしても、そんなドス黒い殺気飛ばすなよ……ごめんて……。

手を挙げて降参すると、ようやく殺気を収めてくれた。はぁ……昔はもっとお淑《しと》やかキャラだったのに、どこで道を踏み外したんだ……。

「全く……失礼しちゃいますね、ジオウさん」

「だから悪かったって。それより、そろそろ下りよう。今から出れば、昼前の馬車に乗れる」

「はーい」

纏めていた荷物を持ち、リエンを従えて家を出る。空は雲一つない晴天で、リエンの門出を祝っているみたいだ。

「あ、ジオウさん。ちょっと待ってください」

「ん？　忘れ物か？」

「いえ。ここに私がいた痕跡を消しておこうかと」

リエンが目を閉じて指先に魔力を集中する。……何だ？　何か異様な魔力を感じる……！

俺の長年の冒険者経験が、こいつはヤバいって警告してるぞ……！

念のためにコンバットナイフに手を添え、臨戦態勢を取る。

待つこと数秒か、数十秒か……その瞬間、地面には家を覆うほどの巨大な黒い魔法陣が瞬く間に広がり、そこからどす黒い空気が漏れ出てきた。これは何度も見たことあるぞ。リエンがアンデットを召喚する時に使う、魔法陣だ。

だけど……こんなでかい魔法陣、初めて見る。一体何を召喚する気だ……？

そのまま暫く見守っていると――。

「っ⁉」

な、んだ……⁉　黒くて、でっかい手……⁉

呆然《ぼうぜん》としていると、地面――正確には魔法陣――から、あまりにも巨大すぎる手が這《は》い出てくる。

俺とリエンが二人で寝泊まりしても余りある木造の家を包み隠せるほどの、巨大な手の平だ。手だけでこのでかさなら、本体はよっぽど……。

そのでかさを想像して、足が竦《すく》む。

だが召喚された手はそんなことお構いなしに家を粉々に握り潰し、全てを魔法陣の中に引きずり込み……次の瞬間には、そこには何もなくなっていた。

「はい。お掃除完了です。……どうかしました？」

「……おい、何だ今の手は」

あんなおぞましい巨大な手、絶対人類のものじゃないはずだ。

だけどリエンは、こてんと首を傾げて、

「手？　ギガントデーモンの手ですよ」

ギガ……!?　デーモ……!?

残忍さと凶悪さで右に並ぶ者はいないとされる、討伐ランクSの悪魔。

異常すぎる体格と、無限に思える体力を誇る、討伐ランクSの巨人種。

その混血とされる、世界最悪の存在、ギガントデーモン。伝説では、世界の半分を食い尽くしたと言われてるが……まさか、本物がいるとは……殆ど神話の中の存在だぞ……。

「まあ、私もまだ右腕しか持ってないんですけどね。その他の四肢も胴体も頭も、どこかしらに封印されているみたいで……いつか全部揃えたいと思ってるんですよ」

「あぁ……そう……」

とりあえず考えるのを止めよう。考えたら負けだ。うん、そういうことにしておこう。

若干お疲れ気味の俺と、キラキラランランしているリエンは、霊峰クロノスを全力で駆け下り、既に出発し掛けていた馬車に飛び乗ったのだった。

◆◆◆

「んーーーっ。人里に出るのは久方ぶりですねぇ」

あぁ……ようやくボナト村に戻ってきた。もうとにかく疲れた……。

馬車に揺られてる間、リエンの力に惹かれたのかアンデットの集団が山ほど現れたのだ。何故かリエンは恍惚《こうこつ》の表情を浮かべていたけど、俺や一般の客はげんなりだよ……。

「おいリエ……リン。行くぞ」

「はーい」

こいつはお尋ね者だから、ここではリエンではなくリンと呼ぶことにした。一応フードも目深《まぶか》に被って、変装してもらっている。その方が怪しまれないだろうからな。

久々の人けの多い場所に来たからか、リエンはあっちをきょろきょろ、こっちをきょろきょろと忙《せわ》しない。頼むから大人しくしてくれ……。

「ジオウさん。まずはどこ行くのですか?」

「ホテル」

「やん、エッチ♪　お姉さんに欲情しました?」

「はっ倒すぞ」

「押し倒すぞ?」

「んなこと言ってねーよ!?」

どんだけ脳内お花畑なんだこいつ……!

村の中を歩き、現在拠点としている、お馴染《なじ》みのホテルにチェックインする。部屋は勿論別だ。

受付のおばちゃんにはレアナとは別の女の子——しかもお姉さん系——を連れてきたのがバレた

のか、女の敵を見るような目で睨まれた。こいつとはそんなんじゃないんだ。勘違いしないでくれ……って言ってもいいが、別に弁明する必要もないから、そのままスルー。どうせ仮の拠点だしな。互いに自分の部屋に荷物を置いて、一息つく。あっ、ローブの裾が破れてるっ。……ま、新しく買い替える必要もないし、いいか。

ベッドの縁に腰を掛けて体を反らすようにストレッチすると、部屋のドアがノックされた。時間通りだな。

「開いてるぞ」

「失礼しますね」

入ってきたリエンは、特に変わった様子はない。荷物はなく、手ぶらだ。

空いてる椅子に座り、脚を組んで真面目《まじめ》な顔で俺を見つめる。

「それで、これからどうするんですか？　噂のレアナさんが戻るまで、まだ時間があるんですよね？」

「ああ。レアナが戻ってきてから本格始動だが……次は、ギルドの拠点を作ろうと思っている」

どんな組織でも、拠点を確定しないと満足に行動が取れない。と言っても、俺達の組織は非公式なものだし、下手な場所に作れば国に目を付けられる可能性がある。ここは慎重にやらないとな。

「どんな場所に作るのがいいんだろうな……」

「そうですね……秘密裏に進めるなら、滝裏や廃墟《はいきょ》を根城《ねじろ》に、認識阻害《そがい》の魔法を掛ければいいと思います。ですが、その場合ギルドへ依頼を出す人が、極端に減ってしまうと思います」

そうだな……依頼主が来られないギルドなんて、何の意味もない。それだけは避けたい。ってことは、目立ちすぎないで、でも目立たなすぎない場所を根城にすべき、か……。

「いやムズすぎないか？」

「恐らく最難関でしょうね……」

それに実績を挙げたら挙げたで国から目を付けられるだろう。そこも考えないとな……。

「リエン。暫くは別行動で、拠点に良さそうな場所を探そう」

「そうですね。私も、死体を使って広範囲を見てみます。私の死体は、私の手足であり目ですから」

それは心強いな。やっぱりリエンを仲間にして正解だ。

「体力的には大丈夫か？」

「ええ。ジオウさんと繋がってから、無尽蔵に力が湧き上がってくるようです。問題ありません」

「よし、では行動に移る。一週間ほど探して、候補を互いに出し合おう」

俺達は早速ホテルを後にする。俺は北。リエンは南に向かい、それぞれ駆け出していった。

◆◆◆

「ギャッハッハッハッハ！　見たかよレイガさん、ジオウのあの顔！　めっちゃめちゃ情けねぇツラだったぜ！」

ジオウが居酒屋を出ていったのを確かめてから、格闘士のガレオンが我慢しきれず腹を抱えて笑う。それに釣られて、パーティーメンバーも大爆笑だ。

くっくっく……確かにさっきのは滑稽《こっけい》だった。見捨てられた小汚ぇ犬みてーなツラ。今思い出しただけでも笑えてくる。

あんな奴が俺の【白虎】にいたなんて、人生最大の汚点だな。これからパーティーをでかくする時は、もっと審査を厳しくしてもいいだろう。

ようやくお荷物だったジオウの奴を追い出して、とにかく今は気分がいい。酒だ酒だ！

席に戻り、剣士リリと魔導師アリナの肩に手を回し、酒を呷《あお》る。くぁ～！　最高の一杯だぜ！

「ぶはぁ～……そーいやリリ、お前昔、ジオウのこと好きだっただろ？」

興味本位で聞くと、リリが口をあわあわさせた。

「ちょっ⁉　リーダー今ぶっちゃけるのなくない⁉　あんなの一時の気の迷いよ、まーよーい！　あんなくっそ雑魚、ガンチューにないって！」

「ハッ、ちげーねーな」

確かに、俺も昔はあいつのことを戦友だと思い、親友だと思っていた。

それが今はどうだ。男のくせにリリどころかアリナにまで力勝負で負ける体たらく。同じ男として恥ずかしいったらありゃしないぜ。見てるだけでイライラするんだ、あいつは。

「さーさー！　雑魚が消えて清々したところで、改めて乾杯といこうぜ！　王国最強パーティー【白虎】に！」

「「「「かんぱーーーい！」」」」

ガレオンの音頭に、俺達も乾杯をする。

【白虎】最大の汚点は消えた。これで俺達は、どこにも、誰にも負けない最強のパーティーになったんだ！

あぁー気分がいいぜぇ……！

「………？」

「おうアリナ、どーした首なんか傾げて」

ふと見ると、アリナが手をぐっぱーと握っている。何してんだこいつ？

「……ううん、気のせい。ごめんね、辛気《しんき》臭い顔して」

「そうだぜそうだぜ。飲め飲め！　祝いだ祝い！」

「うん！」

アリナはコップの酒をグイッと飲み干す。チビのくせに、相変わらず酒つぇーなこいつ。

それから一時間、乾杯と一気飲みを繰り返し、飯で腹が膨《ふく》れてきたところで、ガレオンが提案してきた。

「レイガさん！　愚鈍のジオウがいなくなったし、どうせならでっけー依頼やりましょーよ！　俺達が最強ってことを国中に、いや世界中に知らしめよーぜ！」

「ほーん、脳筋《のうきん》ガレオンにしてはいい案だな。よし、採用！」

「「「フゥーーーーーーーーーーーーーーーーーーーー！」」」

雑魚がいなくなった俺達に隙はない！　どんな奴でも、どんな依頼でも完璧に遂行する！

「俺達がァ！　最強パーティー、【白虎】様だァーーーーーー！」

「「「イェーーーーーーーーーーーーーーーーーーーーイ！」」」

二日後、酔いを完全にさまし、俺達はギルドを訪れていた。

「あっ、レイガさん、お疲れ様です！」

「お疲れさん。早速だが、今ギルドにある一番ムズい依頼を持ってきてくれ」

「一番、ですか？　少々お待ちください」

受付嬢のミミが、紙束の中を漁《あさ》って一枚の紙を取り出した。

「これが西支部最難関依頼、雷竜《らいりゅう》討伐です。雷竜の討伐ランクはS。【白虎】の皆さんの力なら大丈夫かと思いますが、くれぐれも気を付けてください」

「雷竜か、いいねぇ」

一年前、討伐ランクSの水竜《すいりゅう》とやったことがあるし、あの時は被害を出さずに勝ってる。雷竜程度余裕だろ。

「じゃあこれを受けよう」

「はい。……あ、そうだ。こちらギルドマスターからの通達なのですが……」

あ？　ギルマス？　今更あいつが何だ？

「最近、魔物が総じて異様に強くなっているようです。他のパーティーの方も、今までは勝てていた魔物に歯が立たなくなったらしく……用心してください」

「ふーん。ま、念のために気を付けておくが、俺達【白虎】には関係ない。全てぶっ殺すだけだ」

「そ、そうですね！　雷竜の攻撃力は尋常ではないと聞きますが、皆さんなら大丈夫でしょう！」

今更何言ってやがる。全く、ビビりだなぁ。

俺は振り返ると、パーティーメンバーに向き合う。

「聞いての通り、俺達はこれから雷竜討伐へ向かう。それとギルマスの言うことが本当なら、道中も警戒して行くことになる。準備を万端にし、三時間後再集合。以上」

「「「「了解！」」」」

散り散りになるメンバーを見送り、俺はギルドの酒場でビールガーを頼んだ。

「レイガさん、これから依頼なのに飲んでいいんですか？」

「おう。雷竜の巣まで、どうせ二週間は掛かるんだ。今飲んでも問題はない」

「全く……じゃあお持ちしますね」

ミミがビールガーを注《つ》ぎに奥に消える。

ったく気が利かねぇ女だ。勝利の前祝いの酒ぐらいちゃっちゃと用意しろってんだよ。

さて、雷竜討伐の後のことを色々と考えなきゃなぁ。パーティーに入りたい奴らも多数出てくるだろうし、何なら抱いてくれっていう女もいるだろう。

選《よ》り取りみどり……楽しみだぜ！

◆◆◆

一週間後、俺とリエンは再びホテルの俺の部屋に集まっていた。勿論、ギルドの拠点となる場所の候補を話し合うためで、決して疚《やま》しいことをするためではない。

とりあえず見つけた候補を紙に書き出して、互いに見せ合った。

俺の候補は、シュゴンの滝の裏、ヴィレッジウルフの巣跡地、あとは、単純にボナト村近くの廃墟になる。

対するリエンは……。

「……おいリエン。これはどういうことだ？」

「どうとは、何のことです？」

「白紙じゃねーか！」

この一週間こいつは何をしてたんだよ!?

「ふっふっふー。そんなこと言っていいんですか？」

リエンは自信満々のドヤ顔を見せると、足元に魔法陣を展開し、一体の死体を召喚した。

こいつは……あの時のメイドか？　確か、元Sランク冒険者の……。

「もしかしたらと思って調べたんですが、私の使役しているこの子達も、私と同じくパワーアップしていたんですよ」

「……そうなのか？」

「はい。もしかしたら、私のネクロマンサーとしての力を元に動かしているから、《縁下》の影響を強く受けているのかもしれません」

……そいつは嬉しい誤算だ。ということは、テイマー系職業や、召喚術士系職業の奴を仲間に引き入れれば、そいつらが使役しているものも強くなるってことか。

こりゃ、色々と作戦の幅が広がるな。

「……で、それと今回の拠点探しと何が関係あるんだ？」

「よくぞ聞いてくださいました！　この子、何と時空間属性を覚えてたんですよ！」

「……は？　時空間属性だと？」

時空間魔法。

空間を媒体に発動する魔法で、瞬間移動や異次元ボックス（収納用）などの補助系魔法や、更に相手を対象にすれば、空間ごと肉体を押し潰したり、体の一部をもぎ取ったりする攻撃系魔法など、一つの属性でオールマイティに活躍出来る属性だ。

そしてこの属性、数億人に一人の割合でしか現れず、ここ五〇年では一人も確認されていない、もはや幻の属性となっている。

そんな属性を持ってる奴を使役するなんて……。

「リエン、お前どうやってこいつに勝ったんだよ……」

「当時は覚醒してなかったみたいですねぇ。いやー助かりました」

うん。当時から時空間魔法を使えてたら、多分リエンは生きていない。本当に運が良かった。

「それでですね、この時空間魔法を使えば、面白いことが出来るんですよ」

リエンがメイドを操作すると、メイドが扉に向かって魔法を使った。

「さあジオウさん、その扉を開けてみてください」

「お、おう……」

言われた通りに扉を開く。すると――。

「……え？」

ここ……俺が候補に挙げた、ボナト村近くの廃墟じゃないか！

実際に外に出てみて、確認する。……間違いない、幻覚でもなさそうだ。

後ろを振り返ると、扉の向こうはホテルの部屋の風景で、その中ではリエンが超ドヤ顔で腕を組んで立っていた。どんな顔をしても美人なのが余計腹立つが……今はそんなことはどうでもいい。

「リエン、これはどういうことだ？」

「時空間上級魔法《ブラックボックス》。指定した空間を切り取り、出入り口を本来とは別の場所に繋げる魔法です」

……そんなんありか……？　流石、幻と呼ばれる時空間魔法だな……。

「どうです？　これさえあれば、どこに拠点を作っても街中に時空を繋げることが出来ます。依頼主は簡単に依頼を持ってこれますし、国に目を付けられても魔法を解除すれば痕跡を全て消せます」

「なるほどな……こりゃとんでもない魔法だ。便利なんて言葉じゃ足りないくらいだぞ……よくやったリエン」

「お礼はジオウさんの死体でいいですよ♪」

「はっはっは、面白い冗談だ」

「半分本気ですが」

「…………」

うん、その……リエンを怒らせるのは絶対止めよう。間違いなくヤられる。

部屋に戻って魔法を解除すると、扉の先は元のホテルの廊下に戻っていた。

「凄いな。これさえあれば、見つからない場所に拠点を置いても問題ない」

「ふふ。もっと褒《ほ》めてくれていいんですよ。何ならジオウさんの体で♪」

そのネタまだ続けるのか――。

ドサッ。

……どさ？

音のした方を振り返る。

そこにいたのは……。

「……レアナ？」

あれ、何でこいつがここに？　予定では、あと一週間は帰ってこなかったと思うんだが……？

そんなレアナが、クルッポーが爆裂豆を食らったような顔で俺とリエンを見る。足元には荷物が転がり、完全に固まってるのが見て取れた。こいつ、絶対勘違いしてるな。

「おい、レアナ。お前が思ってるようなことは何もないからな？　分かってるな？」

「………じ……」

じ？

「……ジオウのエッチ変態ドスケベ淫乱《いんらん》不埒《ふらち》者ーーー！　わわわわわ私が苦労してSランクになってる間に女の子連れ込んで何してたのよバカーーーーー！」

ばりばり勘違いしてるじゃん……。

「ちょっ、声でかい声でかい！」

あとどっちかって言うと不埒なのはリエンの方だし、俺は完全に被害者で……ん？

「って、Sランク？」

「今はそんなことどうでもいいのよ！　説明しなさいよ！」

「ジオウさん、彼女の紹介をお願い致しますわ。あぁ可愛らしい……その体欲しいです♡」

「止めろ、リエンは話をややこしくするな！」

「かかかかか体⁉　わわわ私はノーマルよ！　ノンケよ！」

「だあああもう！　とりあえずお前ら落ち着けぇ！」

◆◆◆

何とか二人を落ち着かせて、俺のベッドにリエン、椅子にレアナを座らせる。

リエンはレアナを恍惚の表情で見ているが、レアナは明らかにリエンを警戒している。まあ、第一印象が絶望的に悪いから仕方ないか……。

「えー、まずレアナに紹介しよう。こいつはリエン。俺の旧友で、仲間に引き入れた。仲良くしてやってくれ」

「仲良く……？」

……そう反応する気持ちは分からんでもない。

そんなレアナだが、リエンは構うことなく自己紹介を始めた。

「リエン・アカードです。リエンと呼び捨てにしてくださって構いません。職業はネクロマンサー。性癖は死体愛好《ネクロフィリア》。趣味は死体収集。よろしくお願いしますね」

「…………よ、よろしく……」

うんうん。分かるぞーそのドン引きする気持ち。俺、今でもドン引きするもん。

「因みに、さっきの体が欲しいってのは死体で、という意味だ。分かるか？」

「……あー、うん。この人がド変態だってことは分かったわ」

「今はそれだけで十分だ」

俺は慣れたもんだが、リエンの性格と趣味は完全にアブノーマルだ。関わってくればいい奴だって分かるんだが……少しずつ理解していってくれれば問題ない。

「で、次にリエン。こいつはレアナ・ラーテンだ。俺の隠しスキルを解放させてくれた恩人だから、勝手に手を出すなよ」

リエンに圧をかけると、肩を竦めてにこやかに笑った。本当に分かってんのかなあ……。

「レアナ・ラーテンよ。レアナって呼んでね。職業は魔法剣士っていったところかしら。よろしく」

「はい、レアナちゃんですね。よろしくお願いします」

よし、これでお互いに自己紹介を終えたってことで……。

「それじゃあ、近況報告だ。まずはレアナの方から頼む。さっきSランクがどうのって言ってたが、本当なのか?」

「ええ。ほら、この通り」

レアナは、指に嵌めている白金《プラチナ》で出来ている指輪と、ギルドカードを見せてきた。間違いなく『S』と大きく書かれている。

「驚いた……Sランクなんて、なろうと思ってなれるもんじゃないだろ?」

「ええ。ギルマスは勿論、南支部に所属しているSランク冒険者の承認を得て、初めて昇級試験が受けられる。それをクリアすれば、Sランクになれるわ」

つまりレアナは、この二週間で他のSランク冒険者に認めさせるほど依頼を受けまくったってことか……。

「……因みに、どんな依頼を受けてきたんだ？」

「まず飛竜殲滅でしょ。バーサクバッファローの討伐。ケルベロス討伐。逃げた暗黒虎の捕獲。盗賊団ジャッカルの壊滅。それから……」

出るわ出るわ。高難易度依頼の数々。これをこの短期間で全部こなしたってのか……？

「待て待て。いくら俺のスキルで強くなったとは言え、強くなりすぎじゃないか？」

「馬車での移動中と最初の三日はがっつりレベル上げに専念したわ。それで上がったステータスも二倍になったんだもの。これくらい強くなって当然よ」

……なるほど。俺のスキルはレベルには影響しないが、ステータスには影響する。そのステータスでレベルを上げ続ければ、必然的にステータスもうなぎのぼりに上がっていく訳か。

「……レアナ。悪いがステータスを見せてくれないか？　リエンも見せてくれ。二人のステータスを把握しておきたい」

「分かったわ」

「はい、どうぞ」

二人は手を前に出す。

「『ステータス』」

そう唱えると、二人の目の前に文字が浮かび上がった。

自身の現在の状態を示すステータス。普段は自分一人にしか見えないが、こうすることで他人にも見せることが出来る。

さて、まずはレアナから。

◇◇◇◇◇

レアナ・ラーテン

種族：人間　職業：魔法剣士　武器：長剣

ランク：S

スキル：魔眼《鑑定眼》　属性：火、水

LV：97

攻撃：39200（＋39200）　防御：25600（＋25600）

魔力：28050（＋28050）　魔攻：19300（＋19300）

魔防：16000（＋16000）　素早さ：23000（＋23000）

状態：《縁下》の加護

◇◇◇◇◇

えっっっっぐ!?

レベルだけで見れば全然俺の下だが、その他の値が全体的に俺に迫るほどだぞ!?　特に攻撃は、俺とタメ張れるくらい上がってるし！　唯一素早さだけはまだ俺の方が上だが……これは、追い抜かされる日も遠くないかもな……。

「あ、ありがとうレアナ。もう大丈夫だ」

覚悟していたこととは言え、若干凹むなぁ……。

……き、気持ちを切り替えて、次はリエンだ。

◇◇◇◇◇
リエン・アカード
種族：人間　職業：ネクロマンサー　武器：死体（二〇〇体）
ランク：なし
スキル：《死体操作》　属性：闇
LV：169
攻撃：49300（＋49300）　防御：38900（＋38900）
魔力：66600（＋66600）　魔攻：57000（＋57000）
魔防：53800（＋53800）　素早さ：35900（＋35900）
状態：《縁下》の加護
◇◇◇◇◇

……うん。まあ……レベルに至っては、引退したからか、今の俺の方が高い。素早さもギリギリ俺が勝ってる。だけど、ネクロマンサーという魔力をかなり使う職業なだけあって、魔力、魔攻、魔防が完全に俺を上回ってるな。

しかもこれ、リエン自身のステータスなんだよなぁ……こいつ、このステータスで死体を二〇〇体使って戦うんだから、ぶっちゃけその強さは計り知れない。

「り、リエンもありがとな……は、はは……」

「いえいえ。では、ジオウさんの番ですね」

……え？

「お、俺のことはいいんだよ」

「なら私が鑑定して、紙に全部書き出すわ」

「なっ！　ひ、卑怯《ひきょう》だぞ！」

「卑怯で結構。何なら、あんたの身体情報も全部書き出してやるわよ」

くっ……！　《鑑定眼》ずるい……！

「分かった！　分かった見せるから！」

ちくしょうめ……。

「……ステータス」

◇◇◇◇

ジオウ・シューゼン
種族：人間　職業：短剣士　武器：コンバットナイフ
ランク：なし
スキル：《縁下》　属性：風、水、光
LV：203
攻撃：82500　防御：53060

魔力：61000　魔攻：45100
魔防：43000　素早さ：78500
状態：なし

◇◇◇◇◇

「ほら、もういいだろ。終わり！」

ったく。俺のステータスなんか見ても、何の面白みもないってのに……。

ステータスを消すと、レアナが首を傾げて。

「……十分強いと思うんだけど？」

「そうですね……【白虎】で六年間、自分より強い人達の周りで負けじと食らいついた結果……だと思います」

「いいやお世辞は言わんでくれ。泣けてくる」

当時、一・五倍とは言え、あいつらの強さは別格だった。それは変えられない事実なんだ……。

若干凹んでると、こんどはリエンがずっと手を挙げた。

「でも、どうして彼らはこのステータス値を見て、何も思わなかったのでしょう？　違和感ぐらい覚えていいと思うんですけど」

「それは多分、ジオウのスキルが覚醒してなかったからだと思うわ」

……覚醒してなかったから、気付かなかった……？

リエンと二人で首を傾げると、レアナは自分のステータスを開いた。

「ここ。『状態』の項目に、『《縁下》の加護』ってあるでしょ。これは《縁下》が完全覚醒してから付与されるものなのよ。実際、ジオウと仮パーティーを組んでた時はなかったわ。ただ、何となくパワーやスピードが上がってるって実感だけあったの」

なるほどな。確かにそれだけだったら、自分の力だと勘違いするか……また一つ謎が解決したな。

っと。話が逸《そ》れた。

「レアナ、無理させてすまなかった。Sランクなんて、大変だったろ？」

「何も問題ないわ。むしろ、早くSランクになれてラッキーよ。私の名前と顔も売れたからね」

確かに、レアナの実力と顔を売るのに、Sランクは最適だ。正直Aランクでも物足りないと思ってたからな……レアナには感謝してもしきれない。

レアナの働きっぷりに感動してると、また鞄の中をごそごそと漁りだした。

「えーっと……あったあった。これ、少ししかないけどギルド運営の足しにしてちょうだい」

と、鞄から大量の金貨の詰まった袋を取り出してきた。重さで言えば、約二〇キロくらいだろうか。

「いやいや。これはお前が稼いだんだから、取っておけよ」

「ふふん。私はあんたの下で、もっと稼がせてもらうからいいのよ。先行投資だと思いなさい」

「……何から何まで悪いな」

そういうことなら、ありがたく使わせてもらおう。

「それと上客が付いたわ。私個人に優先的に依頼を回してくれる貴族が二つと、ミヤビ大商会がね」

「本当か!?　よくやったぞレアナ！」

しかも相手が貴族と、有名なミヤビ大商会ってことは、相当金払いもいいはずだ！　こりゃ幸先がいいな！

「そ、それ程でもないわよ。ジオウの《縁下》のおかげでもあるし、そんなに褒めないで」

とか言いつつ、顔を赤くして髪の毛モフモフしてるぞ。可愛い奴め。

それを見てか、リエンも恍惚とした表情でレアナを見つめる。気持ちは分かるが、その脳内で垂れ流しにしてるグロ注意の妄想を止めろ。

「わ、私の方は以上っ。そっちはどう？」

っと、そうだな。

リエンの使役している死体に時空間魔法を使える死体がいることを話し、それを使って人のいない場所に拠点を作ることを話した。

レアナは感心したように頷《うなず》くと、「それなら……」と地図を取り出した。

「私宛てにSランクダンジョン踏破の依頼があったの。まだ受けてはないけど、もし討伐出来れば、そのダンジョンは好きにしていいとのことよ。壊すも良し、住むも良しってね」

「住む？　ダンジョンに？」

本来、ダンジョンは攻略すれば自然消滅するはずだ。そこに住めるってどういう……？

「自然発生型のダンジョンではなく、居住空間がそのままダンジョンになる稀なケース、ですね。この辺で確か近いのは――」

「『アルケミストの大洋館』」

リエンとレアナが、同時に一つの場所を指さす。

レアナは恥ずかしそうにぷいっとそっぽを向くが、リエンは愛でるようにレアナを見つめた。仲良く出来そうで一安心だな。

「そっか。アルケミストの大洋館か……昔、大錬金術師のグレゴリオ・アルケミストが住んでた洋館だったな。今はダンジョン化し、誰も中に踏み入れなくなったと聞くが……Sランクダンジョンになってたのか」

これほど勝手が良い場所は他にない。盲点だった。

「え、ええ。錬金術の研究のためか、建物も異様に大きいわ。それに半径五キロにわたって討伐ランクAの魔物がうろつく森に囲まれている。人から隠れるにはうってつけでしょ？」

「そうだな……俺はそこでいいと思う」

「私も構いません」

俺とリエンが賛成すると、レアナが椅子から立ち上がってない胸を張った。

「なら決まりね！　パパッと片付けてくるわ！」

「待て待て待て」

今にも飛び出そうとするレアナを引き止める。

「どうせ俺達の物になるんだ。なら一緒に行って、三人で片付けた方が手っ取り早いだろ？　な、リエン」

「はいっ。私も二〇〇体の部下で援護しますよ」

「……あ、ありがと。正直ちょっと不安だったから、助かるわ」

レアナは髪をモフモフし、恥ずかしそうに俯《うつむ》く。

それが何となく庇護《ひご》欲をくすぐり、俺とリエンが揃ってレアナの頭を撫でた。

「や、止めなさいよ恥ずかしい……！」

「いや、可愛くて」

「かわっ……もう！」

そっぽの向き方が幼く見えて、微笑ましくなるなぁ……。

ニコニコと和んでいると、レアナが「あ」と何かを思い出したように呟《つぶや》いた。

「そう言えば、【白虎】なんだけど――」

◆◆◆

「ハァッ……ハァッ……ハァッ……クソッ、何だよこれ……！」

足元に転がるジャイアントベアーの死骸。討伐ランクは高々《たかだか》Aの、雑魚のはずだ。

たった一体。このたった一体に、【白虎】の半数は傷を負った。正直、傷は治せても、後遺症を残すほどのダメージを受けた仲間もいる。

残り半数も、かなり疲弊しているみたいだ。

クソが、一体何なんだこいつは！

「ぜぇ、はぁ、ぜぇ……リーダー。まさかこれがギルマスの言ってた、強すぎる魔物かしら？」

リリが汗を拭きながら俺の隣に立つ。

確かに、こいつの強さは異常だ……普段のジャイアントベアーなら、うちの弱いメンバーでも一撃で倒すことが出来る。それなのに……。

剣を鞘《さや》に収めて周囲を見渡すと、あちこちから治癒の効果が薄いという声が聞こえてくる。

まさか、突然変異した魔物は、治癒を遅くする毒とか持ってるのか……？

「リーダー、どうする？　正直このまま進んでも、雷竜討伐どころか辿り着くのも……」

「馬鹿言ってんじゃねぇ！　俺達は最強のパーティー【白虎】だぞ！　依頼未達成、しかも辿り着けずに帰るなんざありえねぇんだよ！」

この馬鹿リリ、ふざけたこと吐《ぬ》かしやがって……！

「おいテメェら！　今あるポーションをありったけ使え！　どうせポーションなんざ街で買えるんだ、ここで贅沢に使おうが問題ねぇ！」

「「「「りょ、了解！」」」」

ジャイアントベアーの上に座り、ポーションを使って回復していく仲間を見る。

俺も持っていたポーションを飲んで、体力を回復させた。

何故だか分からないが、体の方も重い気がする。体力は今回復させたから、恐らく状態異常的なものかもな。

「おいアリナ！　俺にキュアの魔法を掛けろ！」

「う、うんっ」

アリナが言われた通り、俺にキュアを掛ける。が……。

「……おいさっさと回復させろ、ちっとも効いてないじゃねーか！」

「そ、そんなっ……もし効いてないんだとしたら、レイガさんに何も異常がないからで……」

「そんな訳ねーだろ！　もういい、この役立たずめ！」

くっそイライラするぜ。何なんだ一体よ……！

イライラをぶつけるように、ジャイアントベアーの死体を思い切り蹴り上げる。だが少し浮いただけで、思ったように粉々には出来なかった。

………。

「があああああああああああ!?　ああああああああああ!!」

剣で斬る、斬る、斬りまくる。

数分経って、ようやくジャイアントベアーの死体を粉々にすることが出来た。辺りは血の海。散らばる肉片から、鼻を衝《つ》く刺激臭が漂ってきた。その臭いが、更に俺のイライラを刺激して……。

「テメェらモタモタしてんじゃねぇ！　行くぞゴルァ！」

「ま、待ってくれリーダー！　まだ全員完全に回復しきってません！　あと三〇分、いや二〇分待って欲しい！」

「じゃあ今怪我してる雑魚は置いてけ！　俺らは最強の【白虎】だぞ！　この程度で疲れ切ってる奴ァ仲間でも何でもねぇんだよ！」

そうだ、俺達は最強だ。レーゼン王国最強のパーティーだ。王国で俺達に指図出来る奴なんざいねーし、全員俺達に……いや、この俺に従うべきなんだよッ！

俺が先に進むと、ギリギリ回復した奴も含め五三人が付いてきた。

残された二四人が何か喚《わめ》いてたが、そんなのは知らん。雑魚で無能な自分の力を呪うんだな。

「レイガさん、今日イライラしすぎだぜ？」

「うるせぇ」

ガレオンに言われずとも分かってる。何なんだこの言いようのないイライラは……！

がんがん前に進んでいくと、いつの間に俺の隣をアリナが並んで歩いていた。

「ねぇ、レイガさん。ちょっといいかな。気のせいだとは思うけど……」

「あ？　何だよ」

「っ……うん。気のせいだとは思うけど、もしかしたら……私達、パワーダウンしてるかもしれない……」

……は？　何だと？

「わ、私も最初は違和感でしかなかったけど、ジオウさんが抜けてから、何となく気だるいと言うか、パワーが出ないと言うか……」

「んな訳ねーだろ！　自分のステータス値を確認してみろ！　何も変わってねーだろ！　寝ぼけたこと言ってるとテメェも解雇すんぞ！」

「っ……ご、ごめんなさい。勘違いだったかも……」

「ったりめーだバーカ！」

あの雑魚が消えて、俺達が弱くなるだと？　そんなふざけた話があるか！

あああクソッタレが！　むしゃくしゃしやがる！

レーゼン王国を出発して二週間後、俺達はようやく雷竜の住む鳴神峠《なるかみとうげ》までやって来た。

今いるメンバーは三二人。元々七七人いたが、ここに来るまでに四五人……半数以上を途中で置き去りにしてきた。

これは仕方ないことだ。力のない雑魚の方が悪い。魔物が突然強くなった程度で死にかける奴は、【白虎】にはいらねぇ。

鳴神峠から、峠の先を見ると、雷竜がとぐろを巻いて寝ていた。纏っている雷が、鱗《うろこ》の表面を流れるようにして伝っているのが見える。

「あいつが雷竜か……上等だぜ」

「り、リーダー。マジでやる気？　流石にちょっと休んで、万全の状態で挑んだ方が……」

「うるせぇ。リリ、お前いつからそんなビビりになったんだよ。俺とお前とガレオンはうちの特攻隊長だろうが。今回も期待してるぜ」

「う……うん……」

「よし……行くぞっ！」

掛け声と共に、俺、リリ、ガレオンが飛び出す。

その気配を察知したのか、雷竜が目を開けてゆっくりと起き上がった。

「っ！　気付かれたぜ、レイガさん！」

「分かってる、止まるな！」

剣に魔力を流し、斬れ味を増加させる。

水竜の鱗も斬り裂いた刃だ！　こいつで……！

『……木っ端《こっぱ》の雑魚が……我の眠りを邪魔するな』

……えっ、しゃべ――。

瞬間、視界が全て白くなり、耳をつんざく轟音《ごうおん》が響き渡る。

な、ん、だ……⁉

暫くして音が止む。が……お、音と光のせいで目眩《めまい》が……！

「っ……お、お前らっ、行く……ぞ……？」

後ろを振り返る。

が、そこには……九人を除き、炭化した人型の何かがあった。

鼻腔をくすぐる異臭。崩れ落ちる人型の何か……。

……何だよ、これ……何が起きた？　一体何が……？

「……っ！　ガレオン、リーダーを連れてきて！　アリナちゃん、戻り玉！」

「お、おう！」

「分かりました！」

リリが何か指示してる声が聞こえる。戻り玉……戻り玉……？　確か、決めた場所に戻れる、便利道具……俺達には必要のない……ぇ……？

「ま、待て！　勝手な行動は許さねぇぞ！」

「ここまでやられてそんなこと言ってられないでしょ⁉」

ガレオンに担がれ、雷竜から離れていく。

「はなっ、放せっ！　放せェェエエエ‼」

ガレオンに担がれて後ろに戻った瞬間、雷竜の姿が歪《ゆが》む――。

『……ふん、雑魚が』

その言葉を聞いた瞬間、俺達は鳴神峠からレーゼン王国門前へと移動していた……。

第二章　ギルド

「――なるほど。あいつら、雷竜の討伐に失敗したのか……」

　レアナが聞いてきた【白虎】の現状を聞くに、壊滅状態らしいな。

「七七人が行って、帰ってきたのは十二人。残りの六五人は行方不明。道中で死んだか、雷竜に殺《や》られたかは分からないそうよ」

　そうか……。日数からして、俺が解雇されて直ぐに、雷竜討伐に向かったんだろうな。自分達の強さを信じきって。

「まあ気持ちは分かりますよ。以前の【白虎】なら、雷竜討伐も楽でしょうし」

「それでもざまーみろって感じよね。普通力がなくなったら、感覚的に分かるもんだと思うけど」

　そんなに、前の自分と今の自分の違いがあるのか……いいなぁ、俺自身には作用しないからなぁ。

「じゃあ、【白虎】は解散したのか？」

「いえ、それがまだ解散してないのよ。何してるのか分からないけど、今まで威張り散らしてたのが嘘のように静かよ」

　十二人になっても解散しない、か……レイガの奴、また見栄と感情だけで動いてるな。昔から思ってたが、愚かな奴だ。

　それに今回の件で、残りの十一人も【白虎】の下を離れるだろうな。レイガのことだ。そもそも雷竜討伐も、また無理に強行したに決まってる。

俺は呆《あき》れを外に出すようにため息をつくと、思考を切り替えた。

【白虎】は置いといて、俺達は俺達で動こう。アルケミストの大洋館攻略だ。どう作戦を立てる？」

「真っ直ぐ行ってぶった斬る」

「真っ直ぐ行ってぶっ殺します」

おぅ……デンジャラス。

だがまあ、二人の戦力を思えば妥当な作戦だな。

超短期間でCランクからSランクに昇級したレアナ。二〇〇体の死体を自分の手足のように使役するリエン。ぶっちゃけ俺の出番なしなのである。

「……ここからアルケミストの大洋館までの道のりは、近くの村まで馬車で二週間。その後徒歩で二日歩いて、ようやくAランク魔物のいるアルケミストの守護森林。流石に遠いな……リエン、時空間魔法は繋げられないのか？」

「ごめんなさい。行ったことある場所にしか開けないのですよ」

流石にそこまで万能ではないか……仕方ない。

「じゃあ、二、三日休憩したら出発しよう。それまで暫《しば》しの休息だ」

「本当!?　ボナト村で育てられた牛の肉って、超美味しいらしいのよね！　食べてくる！　リエンも行こ！」

「いいですね、死んだ牛のお肉！」

「その言い方止めてくれない!?」

わいわいきゃぴきゃぴとホテルを飛び出す二人。最初はどうなるかと思ったが、仲良くやっていけそうだな。

さて、俺もここ数週間は動きっぱなしだったし、少しはゆっくりさせてもらおう。

ベッドに体を預けると、思考が薄れ、瞼《まぶた》が自然と下がってきた。俺が思ってる以上に、疲れが溜まってたみたいだな……。

俺はその眠気に逆らわず、夢すら見ないほど深く、深く眠りについた……。

◆◆◆

「ま、待ってよリーダー！　本気で行くつもり⁉」

門前で、生き残った十一人が必死に止めてくる。

何寝ぼけたこと言ってるんだ、こいつら。

「当たり前だ。こんな失態を犯したままでいられるか」

雷竜の失敗で、俺達【白虎】の評価は地に落ちた。恐らくもう挽回は出来ないだろう。だが、このままで終わらせない。終わるはずがない。

「テメェらもさっさと付いてこい。一人残らずだ。もし拒否するなら、今ここで自決しろ」

「そ、そんな……！」

「本気だ」

剣を抜いて、剣先を向ける。

俺の本気度が伝わったのか、全員が項垂《うなだ》れながらも付いてきた。ったく、最初から来いってんだよ、めんどくせぇ。

「でもレイガさん。あの場所はSランク、しかも道中にいるのはAランクの魔物ばっかだぜ？　大丈夫か？」

「腑抜《ふぬ》けたテメェらを鍛え直すにはもってこいの場所だ。それにあそこを攻略すれば、この世の理《ことわり》が手に入ると言われている。それさえ手に入れれば……！」

理。どういうものかは知らねーが、俺に相応《ふさわ》しいものだろう。そうに決まっている。そうとしか思えない。

「いいから黙って、お前らは俺に付いてこい」

今度こそ……今度こそ失敗しない。何としても……。

何としても、アルケミストの大洋館を攻略してやる──！

◆◆◆

三日後。十分な休養を取った俺、レアナ、リエンは、馬車に揺られてグレゴリオ市へと向かっていた。

昔は別の名前だったんだが、グレゴリオ・アルケミストが生まれ、後世に多大な影響を与えたとして、グレゴリオ市に名前を変えたんだそうだ。

そんな市の名物は、やっぱり錬金術らしい。グレゴリオが残した錬金術は、世界中の高名な錬金術師が学びに来るほどなのだとか。

噂によればそんなグレゴリオ市の錬金術の知識の数十倍から数百倍の知識が、アルケミストの大洋館にはあるらしい。俺達には必要ないものだし、攻略したらグレゴリオ市に高値で売りつけるか。

「あーあ、二週間も馬車生活かー。面倒よねぇ。走らない？」

レアナがつまらなそうに馬車の外に上半身を出し、ブツブツと文句を言う。

「お前の体力と俺らの体力を考えろ。俺らの方が確実にばてる」

「あ、私はした……部下に運ばせれば何も問題ないですよ」

「……あ、そうっすか」

御者が聞いてるかもしれないから死体って言葉を使わなかったけど、そういやこいつ、元Sランクの冒険者を使役してるんだっけ。死体とは言え、身体能力はレアナ以上なんだよな。

それを考えると、元Aランク冒険者の俺ってマジで一般ピーポーなんだな……まあ、二人がこうしていられるのも、俺のおかげと言ったら俺のおかげなんだけど。

「ぶー……どこかに騎士崩れはいないかしらねぇ。今の私ならちょちょいってやっちゃうのに」

「レアナなら大丈夫だとは思うが、油断するなよ。次も二、三人とは限らないんだからな」

「あーい」

本当に分かってるんだろうか……。

レアナを白い目で見てると、リエンが俺のローブの裾をちょいちょいと引っ張ってきた。

「ジオウさん。騎士崩れの人が、どうかしたんですか？」

「ん？　ああ。前にあいつ、騎士崩れに襲われたんだよ。その時は俺が助けたが、今度は数の暴力で襲ってくるかもしれないからな。警戒するに越したことはない」

「……どうして襲ってきたんでしょう……？」

「さあな。ま、十中八九……」

俺が自分の目を指さすと、リエンは納得した顔をした。

レアナの魔眼——《鑑定眼》については、既にリエンにも説明している。隠しスキルすら鑑定する強力な眼だ。どこかの組織が欲しがるのも頷ける。

「リエンも、周囲には注意してくれ」

「安心してください。念のために、二〇体のシノビを周囲に潜ませています。一体一体はBランク程度ですが、隠密と暗殺にかけては群を抜いていますので。ジオウさんのスキルで力も上がっていますから、Aランクに近い力はあるかと」

シノビか。確か東方にいる、アサシンに似た奴らだったよな。そんなものまで使役してるとはやるな。

しかもAランクほどの実力を持ち、それが二〇体。護衛って考えたら、これ程心強いものはないな。

……平和だ。魔物の気配もなく、穏やかな時間が流れてる。

景色が前から後ろに流れる中、レアナの頭の上に小鳥がとまった。

「あら？　じ、ジオウ、どうしたら……」

「そのままとまらせておけ。……ぷっ」

「わ、笑うんじゃないわよ……!?」

小鳥を逃がさないように大声を出さないよう気を遣うレアナ。そんなレアナの頭の上が心地いいのか、小鳥は目を閉じて眠り始めた。何この可愛い光景。

リエンもほくほく顔でレアナを見つめる。

が、急に眼を見開いて俺の側に寄ってきた。

「ジオウさん、シノビが複数の人間を感知しました。これは……山賊と思われます」

「山賊か……やれるか？」

「造作もありません」

リエンが人差し指をクイッと曲げると、指先から魔力の糸が可視化された。

「これで大丈夫でしょう」

「……操ってないように見えるが？」

「これは魔力で作られた思念糸《しねんいと》と呼ばれるものです。私が思念で命令を出せば、それに反応して自動的に任務を遂行してくれる、便利なものなんですよ」

へぇ……ネクロマンサーって、自分の手で操作すると思ってたんだが、違うんだな。

ネクロマンサーという職業の勘違いを頭の中で修正していると、レアナは外を眺めるのに飽きたのか荷台の縁にもたれかかった。

「ふわぁ～。着いたら起こしてちょーだい……むにゃむにゃ」

こいつ、二週間寝るつもりか？

「あらあら、うふふ。可愛い寝顔ですね。そう思いませんか？」

「え？　ああ、まあな」

「私に任せてくれれば、永遠にこの表情のままにしておけますが」

「お前絶対止めろよ。振りじゃないぞ。絶対、絶対だからな？」

最近大人しいから忘れてた。こいつ、自分の気に入った相手だったら、殺してコレクションに入れようとするサイコパスだったんだ。

……これは、外だけじゃなくてこいつ自身にも気を付けなきゃなぁ……面倒くせぇ……。

「やですね、冗談ですよ、ジョーダン。レアナちゃんはギルドの大切な仲間ですからね。そんなことしませんよ」

「お前、ギルドの仲間を襲って追放されたこと覚えてる？」

「あの時は若かったですね」

おい目を逸らすな。真っ直ぐ俺の目を見やがれ。

「全く……お前は頼れる奴だが、俺が側にいてやらないとな……」

何しでかすか分からん。ちゃんとギルドとして落ち着いたら、俺の秘書にでもなってもらうか。

「ぇ……えと、ごめんなさい。私貴方の体にしか興味ないので、側にいるって言われても『え、何この人口説いてる？』程度にしか思えませんごめんなさい」

「口説いてねーし二回も謝るな。何か傷つく」

告白してないのに振られた気分だ。

げんなりとした顔をすると、リエンは楽しそうにクスクスと笑った。こいつ、わざとか。

リエンは俺から離れ、収納鞄に入れていた毛布を取り出し、レアナに掛けてやった。

「馬車は意外と冷えますからね。風邪を引いてしまいます」

「……リエンって、意外と面倒見いいよな」

「意外って失礼ですね。これでも、冒険者仲間には聖母なんて呼ばれてたんですよ」

ど　こ　が　？

とは言わない。また面倒臭くなりそうだから。

少し寒そうにしていたレアナが、気持ち良さそうな顔で眠り続ける。リエンはその横に座り、肩を寄せ合った。……何だか、姉妹みたいだな。二人はベクトルの違う美人だが、こうして見るとちょっと似てる気がする。

そんな二人を眺めていると……リエンが何かに気付き、慌てたように人差し指の思念糸を見た。

「どうした？」

「……シノビの五人が、一瞬で消されましたっ。今も一人ずつやられていますっ……！」

「何だと？」

シノビはAランク相当だったはず。それを一瞬で……？

「これは……」

「敵を確認出来たか？」

「……この白薔薇の紋章に、鎧姿……間違いありません——騎士崩れです」

◆◆◆

騎士崩れ……あの時の奴らと同じか……！

「敵の強さ、恐らくAランク……いえ、Sランクかと思われますっ」

「何だと……!?」

　一応御者に聞こえないように話しているが、これには驚きを隠せない。

　何でSランクほどの強さを持つ騎士がこんな真似《まね》をしてるんだ……？　それにSランクなら、騎士団長として活躍してもおかしくないだろう……！

　……こいつは、このまま放置してたらダメな気がする……。

「敵の数と場所、分かるか？」

「敵は一人。場所は右側で、森の中を縫って馬車と並走しています」

　なるほど、よし。

「俺が行ってくる。リエンはここで、馬車とレアナを守ってやってくれ」

「大丈夫ですか？　恐らく、ジオウさん以上に強いと思いますが……」

「分かってる。だけど、女の子ばかりに任せてもおけないだろ？」

　コンバットナイフを取り出すと、馬車を飛び降りて騎士崩れがいる森の中へ入っていった。

　森の中での戦いは慣れている。むしろ、森の中でのことを考えて、コンバットナイフを使ってるくらいだ。長い剣や槍は、狭い場所だと不利だからな。

　遮音《しゃおん》結界と不可視の結界を纏い、森の中を駆けていく。

「……いた……！」

　リエンが言っていた特徴と一致している。あいつが騎士崩れか……。

　だが……あの纏っている空気と佇《たたず》まい。間違いなくヤバい奴だぞ……！

遮音結界と不可視の結界で、俺の位置はばれていない。殺すなら今……！

縮地の歩法で一気に背後を取り、その首に向けて刃を振り下ろす——。

キィーンッ！

「なっ……!?」

振り向きもせず、剣の腹で受け止めただと……!?

「防がれ……!?」

長年の戦闘経験と直感。それを頼りに体を翻《ひるがえ》すと、迫ってきた刃を辛うじて避けられた。が、右袖が僅かに斬られたか……。

「チッ、結界は張ってるのに……！」

騎士崩れのおっさんは、構えを解いて俺の方を真っ直ぐ見据えた。まさか、見えてるのか……？

ゆっくり時計回りに移動する。それでもおっさんは、俺の方から目を離さない。

「ふむ……見えんな。遮音結界と不可視結界の併用か。面倒な」

……見えてない、だと……？　なら何で俺の位置が分かるんだ……!?

「あえて教えてやろう。貴様の殺気は分かりやすすぎるのだ」

……俺から漏れ出てる殺気で、俺の場所を特定してるのか。チッ、化け物が……。

胸のエンブレムを確認する。

確かに白薔薇の紋章があり、それを囲むように星が七つ刻まれている。

……待てよ、まさか……その七つの星は……！

「動揺が伝わってくるぞ。我が何者か、理解したようだな」

おっさんは剣を地面に突き刺すと、兜《かぶと》を脱いで顔を見せた。

えげつないほどの傷痕に、深く刻まれている無数のシワ。そして特徴的な、白髪のオールバック。

「我が名はエンパイオ・フランキス。元レーゼン王国所属の七帝、地帝のエンパイオ。訳あって、貴様の連れ、レアナ・ラーテンの首を貰い受ける」

七帝……地帝のエンパイオ……!?

「マジ、かよ……」

帝。世界最強と認められた者に与えられる称号。いつの時代も七人が選ばれ、今代は剣帝、炎帝、獣帝、嵐帝、狂帝、破帝、瞬帝が帝を背負っている。

地帝は先々代……二〇年前に与えられた称号で、地属性の魔法を極限にまで高めたことに由来する。その力は、地図を書き換える程強大だと聞いたことがある。

だが十五年前、その地帝が、所属していたレーゼン王国に反旗を翻したのは、当時六歳だった俺もはっきり覚えている。それほど、帝の裏切りは衝撃的だった。

裏切りの理由は定かではない。既に死んだという噂も流れてたが……生きていたのか。

俺は結界を解くと、エンパイオの前に姿を現す。

「……お初にお目にかかる、地帝のエンパイオ。俺はジオウ・シューゼンという。……レアナを狙う理由、教えてもらえないか？」

「笑止。我は依頼を受けている身。依頼主のことを話すことなど出来ん。聞きたければ力ずくで聞き出してみよ」

そりゃそうだ……。

しかしまあ、地帝相手に力ずくとか不可能だろ。……ここは、ある程度時間稼ぎして逃げるしかないか。

覚悟を決めてナイフを構えると、エンパイオも剣を引き抜いて構える。

クソが。構えてる姿に隙がない。地帝なんて呼ばれてたんだから、地属性魔法だけ極めてろよ。剣も強いとか反則だ。

エンパイオから異様な覇気が漂ってくる。びりびりと肌を突く、嫌な空気だ。

「……ふっ」

……え、姿が消え……!?

「速……!」

間一髪サイドステップで躱《かわ》す。振り下ろされた刃は、地面を数十メートルにわたって斬り裂いた。

「そんなんありか!?」

「我ら七帝は、万物を極めんとしている。その中で特筆に値するものの称号が与えられているだけで、不得意というものはない」

「反則がすぎるぞ！」

縮地の歩法で近づき、鎧の隙間を狙って攻撃するが、その全てを弾かれてしまった。

こんな狭い森の中でここまで剣を振るえるとか……つくづく化け物か……！

なら、隙を作るしかない！

スピードと手数を活かして、四方八方から攻撃を仕掛ける。

「速いな。お主、ランクはSか？」

「残念！　Aランクでも出来損ないの方だよ！」

「この強さでA。しかも出来損ないとは――面白い」

「っ!?」

無造作の一振りで押し返された……！

「どれ、こっちから仕掛けるぞ。受けてみよ」

上下左右。縦横無尽の剣撃を繰り出すエンパイオ。それを避け、防ぎ、いなす。……けどっ……速すぎる上に一撃が重い……！　受けても体力が削られる……これは、まずっ……！

「どうした。ここでお主が諦めれば、大切な仲間が死ぬことになるぞ」

っ！　レアナ……！

「おおおおおおお！」

光初級魔法、《フラッシュ》！

「む？」

単純な目眩《めくらま》し魔法を使い、視界を遮《さえぎ》る。その間に距離を取り、魔法を発動させた。

「風水混合――氷魔法、《氷結の宝剣《ブリザード・ソード》》！」

俺が出せる最大数――八〇本の《氷結の宝剣《ブリザード・ソード》》。本来は手に持って使う魔法を、気流操作で浮かばせる。

精密な動きは出来ない。だが、数で勝負だ……行け！

「――なるほど。面白い作戦だ」

……え？

何だ、今……何が起きた……？

《氷結の宝剣《ブリザード・ソード》》が全て……粉々にされた……？

「ふぅ。我ももう歳だな。思うように体が動かん」

「嘘だろ……」

今の、全部剣で落としたのか……？

全盛期じゃないのにこの力……やばい。俺、死ぬかも。

背中を嫌な汗が伝うのが分かる。今までかなり動き回っていた。心拍数も上がってる。それなのに、体は冷水を浴びたように冷え切っている。

体が震え上がるのを必死で押さえ付け、ナイフを構え直す。

そうしてる間も、エンパイオは隙一つ見せなかった。

ははっ、笑えないなこりゃ。

「ふむ……見た目は取り繕《つくろ》っても、気配や目の奥の恐怖は拭えない。だがそれは仕方のないことだ」

「……バレバレって訳ね」

「然《しか》り。我と剣を交えた強者は、圧倒的な力の差に打ちひしがれる。今までの強者と同じだ」

ああ、その気持ち痛いほど分かる。

絶対的な強者を目の前にし、足が竦み、闘志が折られるあの嫌な感覚。

俺が戦う相手は強者だけだった。Aランクでも、戦う相手は常にSランクの魔物。比べられるのはSランクの仲間。化け物だらけの中で、俺は常に弱者だった。

ああ……なんだ。いつも通りか。

いつも通り、心を静かに……荒立たせず……凪《なぎ》のように……。

「――む？」

……よし。戻った。

「ほう！　ジオウとやら、精神コントロールが図抜けているな！　その歳でそこまでの境地に至るとは、面白いぞ！」

「それはどうも。これでも死線をくぐり抜けてきた数は、誰にも負けてないんでね」

【白虎】時代は、Sランク依頼に何度も行き、何度も死にかけ、何度も踏み越えてきた。

そう易々《やすやす》と俺の心は折れねーよ……！

「はっはっは！　面白いなぁ、本当に面白い！　長生きして良かった！　貴様のような若者に出会えるとは、我の人生も捨てたもんじゃないな！」

エンパイオはツボに嵌まったのか、ずっと笑っている。

それなのに……踏み込めない。こんな状況でも、エンパイオには全く隙がない。ここまで隙がないと、戦う手段が限られてくるぞ。

「貴様は面白い。このまま修行を積めば、いずれは我のいる場所まで来れるだろう」

「じゃあ俺を生きて帰して、レアナのことも諦めてくれないか？」

「それは聞けん相談だ。あの小娘の眼は、依頼主の……いや、我ら全ての希望なのだ」

……レアナの《鑑定眼》に、そこまで執着するなんて……一体何が目的なんだ……？

「……聞いていいか？　何でレアナの眼が必要なんだ？」

「先にも言ったが、力ずくで聞き出してみよ。……お喋りはここまでだ」

くそ、まだ体力がしっかりと回復してないんだが……やるしかないか！

エンパイオは剣を構え、こちらを見据える。殺気が今まで以上に肌を突き刺すようだ……！

ええい！　男は度胸！

「いざ……ん？」

俺が言葉を発しきる前に、エンパイオが後方に飛び退《の》いた。

……何だ？　いきなり避けて……。

エンパイオがさっきいた場所に目を凝らすと……あれは、シノビの使うクナイ、か？

次の瞬間、俺とエンパイオの間に、黒ずくめのシノビが十二人現れた。どうやら、リエンが気を利かせてこっちに寄越《よこ》してくれたみたいだ。

唖然としていると、シノビが一斉にエンパイオに襲い掛かる。

「……はぁ……笑止」

っ！　一瞬で全員やられたんだけど!?

「この様な有象無象《うぞうむぞう》を寄越すとは、貴様の仲間は間抜けか？　この程度で我を止められると思うたか」

いや思いません。リエン、応援は助かるが、流石に足止めにもならない——。

「あら。間抜けとは私のことでしょうか？」

「っ!?　ぬう……！」

……何、だ？　何が起きた？

本当に一瞬の出来事でよく分からなかったが……何かがエンパイオの頬に、傷を付けた……？

さっきまで余裕の表情を見せていたエンパイオが、頬から血と冷や汗を垂らす。

地面に跪《ひざまず》いている影が、まるで陽炎《かげろう》のように立ち上がった。

「……貴様か。このシノビを操っているのは」

エンパイオの言葉に、影はゆっくりと頷いた。

しかしそこにいたのはリエンではなく……。

「ええ。ですが正確には、この体を通した先にいる操作者、ですけどね」

森の中では余りに場違いなメイド服と、身の丈以上の巨剣を振り回す、例の元Sランク冒険者だった。

「お前……リエン、だよな？」

「はい、ジオウさん。今は彼女……エタちゃんの体を通じ、会話をしています」

そうか……こいつは心強い応援だ。

「……先程のシノビとは、全てが違うな。なるほど、そ奴が本命の応援か」

「はい。ですがこの子が来た時点で、いえ、頬に傷を付けた時点で、勝敗は決まっています」

「……ふふふふ……ふははははは！　ジオウ、貴様の仲間も面白いな！　気に入ったぞ！」

おっさんに気に入られても嬉しかねーが……リエンの言っているのは、どういうことだ？

「見たところそっちの侍女《じじょ》の体は、相当力を秘めているな。ならば、我も本気を——ごぽっ」

……え、吐血《とけつ》……？

エンパイオが、大量の血を吐き出して膝を突く。

これ、もしかして……。

「リエン。もしかして毒か……？」

「その通りです。この子の持っている巨剣は、猛毒竜ヒドラの牙から作られた物です。本来ならかすり傷一つで死に至らしめる物ですが……何ですかこの人、死んでないんですが」

猛毒竜ヒドラと言えば、二〇〇年前にこの大陸、タルナード大陸を毒の海に沈めようとした、超危険生物……だよな？

そんな竜の剣……毒の量も、即効性も半端じゃないんだろうが……。

「……奴は、地帝のエンパイオだ。恐らくこの程度の攻撃では、まだ倒れないぞ」

「……本物ですか？」

「恐らく」

現に、今こうして苦しそうに血を吐いていても、隙が見つからない。何ておっさんだ……。

「ふ、ふふふふ……毒で我が死ぬものか……だが手足が痺れ、まともに動けん……ならば、我が地帝の力を見せてやろうぞ！」

ゴォッ——！

体から噴き出す魔力の激流……！　一人の人間なのに、まるで溶鉱炉のようなエネルギーを秘めてやがる……！

「くっ……！」

「何て魔力ですか……！」

これは……死――。

「はいはイ。ストップですヨ、エンパイオさん」

……は？　誰だ……？

魔力の激流の中、エンパイオの隣に貼り付けたような笑みで立っている男。

燕尾服を身に纏い、まるで執事のような見た目だが……声を聞くまで、そこにいることを全く気付けなかった。隣にいるリエンからも、驚いている気配が伝わってくる。

「……クロ殿か。暫し待たれよ。あの者達を消し、直ぐにでもレアナ・ラーテンの首を……」

「それはちょっと厳しいかもですネ。今エンパイオさんの体を巡っている毒、直ぐに解毒しないと死んじゃいますヨ？」

「む、ぬ……」

「だから今は一旦引きましょウ。レアナ嬢の首など、何時《いつ》でも良いのですからラ」

クロと呼ばれた男が、エンパイオの肩に手を置く。

「それではお二人共、また近いうちに会いましょウ」

「楽しかったぞ、ジオウ。今度はどちらかが死ぬまで、心おきなく死合おうぞ」

そう言うと、次の瞬間には二人揃って、影も形も消えていった。

……まさか、時空間魔法……あのクロって男、何者なんだ……？

何にせよ……撃退成功、か？

「ジオウさん。私達も行きましょう」

「ああ、そうだな……」

俺の方は傷はないとは言え、体力的には既に限界だ。

リエンの操るメイド、エタの時空間魔法により、俺とエタは、リエンとレアナが待つ馬車へと帰還した。

◆◆◆

「地帝のエンパイオと戦ったですって!?」

夜、休憩地点で、今まで爆睡していたレアナに、昼間のことを話した。

「ああ。とんでもなく強かったぞ」

「何あっけらかんと言ってるの!?　生きて帰ってこれただけでも奇跡じゃない！」

あー……実際あのままやってたら、間違いなく殺されてたな。あのクロって奴が来なかったら、リエンの使役しているエタがいても、毒が回り切る前に二人して倒されていただろう。

「ホントも～……無事で良かったわ……」

安堵からか、俺の手をギュッと握り締めてくる。何だこいつ、愛《いと》おしい奴め。

レアナは急に恥ずかしくなったのか、慌てて手を離す。

「で、でもっ、無謀にも七帝に挑んだのは頂けないわっ！　もっと考えて行動しなさいよ！」

「分かってる、分かってる。もう同じような失敗はしないさ」

「……ホントに分かってるんでしょうね？　あいつらの強さは異常よ。この世界のエラーよエラー。関わるとほんっとろくなことないわ」

……何か、含みのある言い方だな。どうしたんだ一体？

だけどリエンは、何かに気付いたようにレアナに聞いた。

「レアナちゃん。七帝の誰かと知り合いなの？」

「……私のSランク昇級試験が終わった後……剣帝が私の所を訪ねてきたのよ」

なっ、剣帝……!?

俺とリエンが息を呑む。二〇年前の元七帝ではなく、今代現役の七帝が、レアナに接触してきたのだ。驚くなと言う方が無理だ。

「私の戦い方は我流の剣術。魔法は補助に使ってるけど、基本的に剣とパワーだけで相手を倒してきたわ。その噂を、剣帝が耳にしたみたいでね」

「……それで、レアナちゃんの所に来たのですね」

「うん。私の戦いっぷりを見たいって言ってね。一回だけ刃を交えたわ」

その時のことを思い出したのか、身を守るように自分自身の体を抱き締める。

「……私は真剣。剣帝は木剣。もし剣帝が真剣を手にしてたら、私は呼吸する暇も、瞬きをする時間も与えられず、今頃ミンチよ。文字通り、手も足も出なかったわ」

「ミンチ……」

レアナの力は知ってる。そのレアナがそこまで言うんなら、まず間違いないんだろう。

「地帝も本気じゃないと思うわ。恐らく本気だったら今頃あんた、地の底よ」

「…………」

確かに、地帝なのにあの時は剣術しか使ってなかった。最後は魔力も全開だったけど、剣術であのレベルなら、地属性魔法の威力は想像を絶する。次エンパイオと戦ったら、レアナの言う通り地の底に引きずり込まれそうだな……。

肌が粟立《あわだ》つのを感じる。あんな奴から、どうやってレアナを守れば……。

絶望。これをそう言わずして何と言う。

「……ごめんなさい……」

……レアナ……？

「私がジオウと出会った時、騎士崩れが私を狙った攻撃を仕掛けてきたって言ってたでしょ？　今回のことも、騎士崩れと同じで私を狙ったもの……どっちもジオウに助けられたけど……私のせいで、ジオウを危険に晒した。ごめんなさいっ」

「レアナ……」

頭を下げるレアナの肩が震えている……。

それもそうか……どこの誰とも分からない組織に命を狙われてるんだ。怖くないはずがない。

レアナの実力はもはや俺を凌《しの》ぐだろう。だがそれでも、今のレアナは余りにも弱々しく見える。

……馬鹿だな、俺は。レアナを不安にさせてどうすんだよ……。

震えるレアナの肩に手を置き、安心させるように何度も、優しく撫でる。

「安心しろレアナ。お前は大切な仲間だ。仲間を助けるのは当然のことだろ？　それにこれくらいの命の危機、俺にとっては危機でも何でもない。【白虎】時代はもっとやばい状況に足を突っ込んでたからな。今回も、絶対何とかしてやる」

前半は本気だが、正直後半は強がりだ。【白虎】にいた時でも、こんな非常事態は少なかった。勿論なかった訳じゃない。その度にそれを乗り越えてきたから今の俺がある。だから今回も大丈夫だ。

顔を上げたレアナの目尻から、一筋の涙が流れる。

「……ありがと、ジオウ……」

……女の子にこんな顔をされて奮《ふる》い立たないなんて、男じゃねーよな。やれるか分からんが、やってやるさ。

「あのー、もしもーし。私もいるんですけどー？　仲間外れですか？　組織内いじめはんたーい」

リエンから不服の声が上がる。だが本気ではなく、ちょっと冗談交じりの声音に俺もレアナも少し心が楽になった。

「勿論だ。リエンの力も余すことなく頼りにしてるからな」

「リエンも、ありがとう」

「ええ、任せてください。レアナちゃんのぴちぴちのお肌は、私が全力で守り抜きます、ぐへへへへへ」

うん、ヨダレ塗《まみ》れじゃなかったら、素直に仲間思いの発言って解釈したんだが……こいつが言うとどうもサイコパス感が拭えないんだよなぁ……。

「……ジオウ、私を守ってね」

「任せろ」

「あれ？　それ敵からってことですよね？　私からじゃないですよね？　ね、聞いてます？　もしもーし」

◆◆◆

あれから、周囲を最大限に警戒して進むこと二週間。結局エンパイオやクロは現れず、俺達は無事グレゴリオ市へやって来た。

「ここがグレゴリオ市か……。何か、不思議な場所だな」

他の町や村、都市とは違い、金属やガラスで造られた建造物が多い。どれもこれも縦長の長方形で……首が折れるんじゃないかって程見上げないと、頂上が見えない。何ってデカさだ。

「ほわぁ……凄いわね……全部でっかいわ」

「ビルディングって建物ですね。錬金術で生み出した、最先端の建物です。あの中に人が住んでいたり、一つの建物に数十ものお店が入ってるんですよ」

「よく知ってるわね」

「シノビを使って情報収集をしました。目的の市長さんの家は、あちらですよ」

流石リエン。仕事が早い。

「なら、手筈《てはず》通り私が話を付けてくるわ。二人は守護森林の偵察をお願いね」

「おう」

「分かりました」

市の入り口で別れ、俺とリエンは小高い丘の上に登り、アルケミストの大洋館がある森を眺める。

正確には、俺が森全体を眺め、リエンはエタを操って森の中を先行させている。死体との視覚を共有出来る、ネクロマンサーならではの索敵方法だ。

「こっから歩いて二日で、アルケミストの守護森林。その先にあるのがアルケミストの大洋館か……どうだリエン、見えるか？」

「うーん……エタちゃんの速さで既に守護森林までは来たんですが、Aランク級の魔物が休みなく襲ってくるので、中々進めないですね……」

流石Sランクダンジョン。辿り着くまでが遠すぎるな……。

「分かった。まずはエタを戻してくれ」

「はい」

リエンが指を操ると、俺の隣にエタが現れた。服は返り血で汚れ、怪我をしているのか右頬がぱっくりと割れている。

「お疲れ様、エタ」

死んでいるから感情も、思考もないと分かっていながらも、エタの頭を撫でて労う。

エタの時空間魔法には、一度行った場所へ瞬間移動出来るものもある。エタが先行してくれたおかげで、守護森林の入り口までは楽に行けるようになった。

「ジオウさん、私は？　私は？」

「ああ。リエンもサンキューな。欲を言えば、大洋館まで行けたら良かったんだが……」

「それは仕方ないですよ。私は視覚を共有していましたが、あの数の魔物は異常です。大洋館までの距離も分かりませんし、下手をすると三日三晩休みなく戦いながら進むことになります」

噂には聞いていたが、やっぱり守護森林の守りの堅さはえげつないな……。

上空も、飛龍やサラマンダーが占拠していて、むしろ地上より危険なくらいだ。

「ジオウさん。私の部下を囮《おとり》にすれば、何とか進めると思いますが、どうです？」

「いや、それはダメだ。あいつらは大洋館攻略に必要不可欠だからな」

アルケミストの大洋館がSランクダンジョンとされてるのは、大洋館の中だけだ。アルケミストの守護森林はダンジョンではなく、ダンジョンへ向かう道中扱いにされている。その道中で主力を使い潰すのは得策ではない。だから別の方法を探さなきゃな……。

「リエン、魔物の強さは、俺と比べてどうだ？」

「一体一体なら問題なく倒せます。ただ、数で来られたら押し返されてしまうかと」

なるほどな……討伐ランクAの魔物でも、俺が倒せるレベルの奴らか。

一度、自分達の戦力を確認する。

俺はコンバットナイフを主要武器に、スピードと魔法で翻弄《ほんろう》して戦うタイプ。

レアナは両刃剣を主要武器に、パワーで押せ押せのタイプ。

リエンはネクロマンサーで、死体のタイプによってはスピード、パワー、盾役《タンク》、回復役《ヒーラー》、魔術師など、全体を補える万能タイプ。

だけど今回は余りリエンを疲れさせたくない。理由は先に言った通りだ。だから今回の主力は俺とレアナ。それと少しの死体。これだけでアルケミストの守護森林を抜ける方法を考えないと……。

森の先を見つめ、作戦を練ってはボツにし、練ってはボツにしていくと、丘の下からレアナが登ってくるのが見えた。

「あ、いたいた。ここにいたのね」

「ああ。市長と話は終わったのか？」

「ええ。でも面倒臭いことになりそうよ」

レアナが苦虫を噛《か》み潰したような顔をする。

「面倒臭いって、守護森林のことか？　安心しろ、今まさに作戦を練ってるところだ」

全く目処は立たないけど。

「それもそうだけど、また別のベクトルの面倒事よ」

「……それ俺達に関係ある？」

「私達というより、どちらかと言うとジオウに、かな」

俺の？

何を言うのかと待っていると、神妙な顔で爆弾を落とした。

「【白虎】が来てるわ」

…………。

「……そうか……あいつらも来てるのか」

「ジオウ、大丈夫？」

「……ああ。大丈夫だ」

正直、あいつらの名前を聞くだけで、過去のことを思い出して辛くなる。背中に受けた傷も痛む。

ここ数年、毎日のように浴びせられた精神的苦痛と肉体的苦痛。それと、この二人との楽しい日日を比べると、余計、心が締め付けられる。

「……それで、何で奴らがここに来たのか分かるか？」

「ええ、それが……依頼ではないみたいだけど、唐突にやって来てアルケミストの大洋館について聞いてきたそうよ。何でも、攻略するとか何とか言ってたらしいわ」

攻略？　あいつらが？　またレイガの無謀で……。

………………。

あ、作戦、思い付いた。

◆◆◆

翌日、俺はリエンに指示を出し、シノビ三人で【白虎】の動きを監視させた。

どうやらあいつらも昨日到着したらしく、今は俺達の泊まっている宿——市長のはからいで最高級ホテル——とは違う、一番安いホテルに滞在している。

「あのレイガという男、監視している限りわがままばかり言っていますが……元からそういう男なのですか？」

「……ああ。そうだな」

元々自分の信念を持った男だったが、【白虎】が頭角を現し注目を集め始めると、それを率いている自負が少しずつ奴を自己中心的な考えに変えていった。

やがてパーティーが大きくなるにつれ、発言力も影響力も大きくなっていった。そうなってしまえばもう、力の劣る俺の言葉などレイガにも他のメンバーにも届かなかった。

これは誰が悪いって訳じゃない。

俺自身もユニークスキル、《縁下》については知らなかった。あいつらも知らなかった。

だが、レイガには自分の力が弱まった……いや、元に戻ったのを受け入れられないのだろう。受け入れる心の強さがないのだ。それが今、こうして暴走している要因だ。

このまま放置しておけば、冒険者の中でもブラックリストに入るほど落ちぶれるか、騎士崩れのように犯罪者になる。

それを見過ごしてしまうのは、あいつらにも、一般市民にも悪い未来しか待っていない。

……私情がないと言えば嘘になる。どれだけ苦楽を共にしてきた元仲間でも、暗い感情は隠せない。なら――。

「あ、動き出しましたよ。全部で十二人。アルケミストの守護森林へ向かっています」

「――そうか。そのまま監視を続けてくれ。どうせあいつらが辿り着くまで二日は掛かる。俺達はもう暫く休養をしっかり取ってから向かおう」

「そうですね」

体のあちこちを確認するが、二週間の旅の疲れはまだ癒《い》えてなかった。こんな状態で行っても、守護森林を突っ切るどころか作戦の実行まで危うい。今は焦らず、のんびりとしていた方が得策だ。

因みにリエン曰《いわ》く、レアナは朝一から温泉に入りに行って、溶けきってるらしい。指示を出してないとは言え、今日一日は休む気満々の奴がいるんだ。これで無理に進もうとすれば、間違いなく激怒されるからな。触らぬ神に祟《たた》りなし、だ。

それに俺も暫く温泉に入ってなかったし、ゆっくり羽を伸ばして休憩させてもらおう。

◆◆◆

「な、なあレイガさんっ。みんな疲れてるし、やっぱりもう暫く休んでからでも……」

「一日休んだ。十分だろ」

ガレオンめ、まだそんなこと言ってやがるのか。他の奴らは黙って付いてくるってのによ。情けないったらありゃしねぇ。

「で、でもよ、これから向かう場所はSランクダンジョンだぜ？　今までと違うんじゃ……」

「うるせぇ、もう黙ってろ」

ああそうだ、確かに向かう場所はSランクダンジョンだ。

だけど、今までだってろくに休まずSランクダンジョンをクリアしてきた。それはこいつらも分かってるはずだ。なのに急に休みたいとか、甘えるのもいい加減にして欲しい。

「……ねぇ、アリナ。何でこんなことになっちゃったんだろうね……」

「……分からないよ、そんなこと……」

チッ……ガレオンのせいで、またリリとアリナがグチグチ言い出しやがったぞ……。

イライラしながらも耳に入れまいと無視して進むと、リリの口からとんでもない言葉が出てきた。

「……思えば、ジオウさんを解雇した時から、どことなく調子が悪い気がするのよね……はぁ――今頃どうしてるのかな、ジオウさん……」

ブチッ――。

「リリ、アリナ。テメェらまだあんな愚鈍な野郎のことを考えてんのか……？」

「ぇっ。あ、ぃや……」

リリとアリナが体をビクつかせ、俺から一歩引いた。

「それとも何か？　テメェらも解雇されてーか？　テメェらみてーなグズ女共を雇ってやったのは誰だと思ってんだ？　テメェらを鍛え上げ、Sランクまで引き上げてやったのは誰のおかげだよ、え？　おいコラ」

「「…………っ」」

は？　何ビビってんの？　俺はただ質問してるだけだろ？　何なんだよこいつら、俺をそんなにイラつかせたいのか？

「ま、まあまあレイガさん。ここで言い争っても先には進みませんよっ。それにアルケミストの守護森林には、二人の力も必要でしょ？　ね？」

「……チッ。おいリリ、アリナ。大洋館をクリアしたら、テメェらはクビだからな」

ジオウのクソ雑魚野郎が……俺の前から消えてもむしゃくしゃさせやがる……！

決めた。次どこかでジオウを見つけたら、完膚《かんぷ》なきまでにミンチにしてやる……ズタズタのボロにして、リリとアリナの考えが勘違いだったってことを証明してやるよ……！

そんな苛立《不安》ちを消すように、俺達は臆《おく》さず森を行き、アルケミストの守護森林へ向かう。

……心がバラバラになってるのも気付かずに……。

◆◆◆

【白虎】が動き出して二日後。ようやく奴らはアルケミストの守護森林前へと着いたという連絡を受けた。

守護森林に着くまでに五回ほど死にかけたらしいが、リエンに指示を出し、上手くシノビを操作して、秘密裏に助けるよう仕向けた。今ここで死なれると、俺達の計画に響くからな。

冷静に対処すれば、今のあいつらでも問題ないような魔物でも、頭に血が上っていて全く動けなかったらしい。もう少し落ち着いて欲しいもんだが……。今はそんなこと言ってられないな。

「よし。レアナ、リエン。行くぞ」

俺は自分とレアナとリエン、そしてリエンの操るエタに、個別に光中級魔法の《光学迷彩《カモフラージュ》》と、風中級魔法の《音響遮断《カット》》を掛けた。これで、外部から俺達の姿は完全に見えなくなった。

だが《縁下》には契約者の所在を探知する能力があるようで、そのスキル効果により、俺には二人がどこにいて何をしているかが分かるのだ。

今の俺に気配まで断つ魔法はないので、魔物の中にエンパイオのような化け物がいたら気付かれてしまうだろう。

だからこそ、【白虎】を利用することにした。

リエンがエタを操作し、一瞬にして目の前の景色が、ホテルの部屋から緑濃い森へと変わる。時空間魔法で移動したのだ。

「ここが、アルケミストの守護森林……！」

そして目の前には、レイガ、ガレオン、リリ、アリナ、みんな……。

……本当なら殴り飛ばしてやりたい。いや、欲を言えば俺の手で……。っ、落ち着け……今こいつらを俺の手で殺すなんてマネをしたら、作戦がパーだ。

俺はバレないようにレイガの肩に手を置くと、《縁下》を発動させた。

◇◇◇◇◇

レイガ・オルガと仮契約を結びます。

契約内容：雇用契約

契約破棄条件：

①雇用主の契約内容の破棄　②雇用主の死亡　③被契約者の死亡　④被契約者の悪事発覚

⑤雇用主への攻撃的行動

契約しますか？

・YES

・NO

◇◇◇◇◇

YES。

◇◇◇◇◇

レイガ・オルガと仮契約を結びました。

◇◇◇◇◇

「っ!?　……こ、これは……？」

既に変化には気付いてるだろう。

何せ、俺がパーティーメンバーだった頃でさえ、隠しスキルとして受けていた恩恵は一・五倍。

スキルが解放された今は二倍……つまり、当時より強い力が自分に備わってるんだからな。

俺は残りの十一人にも、同じように仮契約を結んでやった。

「こ、これって……!?」

「ああ……ああ！　行けるっ、行けるぞ！」

「あの時の力……いえそれ以上よ！」

力が上がったことが嬉しいのか、守護森林の前だというのにはしゃぎまくるメンバー達。

「よしテメェら！　このままアルケミストの守護森林を抜けて、一気に大洋館を攻略だァ！」

「「「「おう!!」」」」

レイガが先頭に立ち、守護森林の中に突入する。

その直後、四方八方から様々な魔物が【白虎】に襲いかかって来た。

「瞬連斬《しゅんれんざん》！」

リリの剣術が、一振りで十数体の魔物を斬り刻む。

「混合最上級魔法、《七曜の光線《セブンスレーザー》》！」

アリナの火、水、風、土、雷、闇、光属性を混ぜ合わせた混合魔法が、眼前の敵を焼き尽くす。

「剛腕崩壊波！」

ガレオンの連続パンチが風圧を幾重にも重ね、巨大な魔物を一瞬で押し潰す。

「火炎最上級魔法、《爆裂》！」

レイガが魔法を唱えると、目の前の魔物が、内側から膨れ上がるようにして爆散した。

他のメンバー達も、生き生きと魔物を殺していっている。

「はは……はははは！　そうだよ、これだ！　この感覚だよ！　戻ってきた……俺達の強さが戻ってきたぞォ！」

レイガが嬉々とした顔で吠え、物凄い勢いで進んでいく。

派手に暴れ回ってくれているおかげで、魔物達は【白虎】に群がり、俺達には気付く様子もない。

見ての通り、今回の作戦は【白虎】に暴れ回ってもらい、俺達はその後ろをひっそりと付いていくだけ。それだけで戦力を温存出来るし、殺すことに目がくらんでいるあいつらは、魔物の素材を全く集めていない。それらはリエンに頼んで、しっかりと回収済みだ。

「はぁ……それにしてもすげぇな……」

スキルの覚醒した俺と、仮とは言え契約を結んだことで、威力は前とは比べ物にならない程上がっている。だが、勢いや派手さは俺がいた【白虎】と同じだ。俺、こんな奴らの中で、一人何の支援もなしにやってたんだなぁ……もっと自分を労ってやろ……。

「レイガさぁーん！　どこまで行ったら休憩するよ！」

「あぁーん!?　突っ込め突っ込めぇ！　休憩なんていらねーだろ！」

「はは！　ちげーねー！」

そうそう。お前らは俺達のために、休憩なしに突っ込んでいけばいいんだよ。

それからは有言実行。あいつら、休みなく突き進んでいくな。いやー楽だ楽だ。

「リーダー！　森の先が見えてきたわよ！」

「このまま押し切る！」

え、早っ。

ま、ここまで来たら、もういいや。

俺は【白虎】のメンバーと結んだ仮契約を雇用主権限で破棄。それでも、奴らは高揚感でそれに気付かず、突っ込んでいく。

守護森林の出口。そこには、人間の一〇倍のデカさを誇るスーパーゴリラが待ち構えていた。

「あいつが最後だ！　オルァァァァ――」

レイガが《爆裂》をスーパーゴリラに向ける。――が。

「ァァあべぶっ⁉」

今まで調子よく進んでいたレイガが、スーパーゴリラのパンチによって地面に叩き付けられた。

「「「「…………へ？」」」」

パーティーメンバー達は何が起こったのか分からず、ただ呆然とその光景を見ている。

「はい、お疲れさん。ここまで連れてきてくれて助かったぜ」

「……う、そ……⁉」

「……ジオウ、さん……？」

みんなの前に姿を現すと、【白虎】の連中は衝撃的という顔で俺を見た。そりゃそうだろう。俺がここにいるなんて、誰も思わなかっただろうからな。

「よう、お前ら。……久しぶりだな」

◆◆◆

さて、挨拶はこのくらいにして――。

スーパーゴリラが俺を標的とし、拳を振り下ろしてきた。

それを僅かに体を傾けて避け、コンバットナイフで手首を斬り落とす。

「ギャガッ!?」

間髪入れず綺麗に首を落とすと、俺、レアナ、リエンはそのまま守護森林を抜け、草原へ出た。

「……嘘……速い……!?」

「いや、リリ。俺はあの時から全く変わってないよ」

スピードも、パワーも変わらない。ただ、スーパーゴリラ如きに負けるほど、ヤワな鍛え方をしてないだけだ。……化け物のお前らに追いつこうと、俺も必死だった。それだけのこと。

「……次の魔物が来るまで、まだ時間がありそうだ。……お前らに真実を教えておく。お前らの力の源。それは、俺のスキルによるものだ」

簡潔《かんけつ》に、かつ明瞭《めいりょう》に俺のスキルについて話す。隠しスキルについて。そして最近になって、それ

が覚醒したことも。

真実を聞くと、全員愕然とした表情になった。

「つまり、俺が【白虎】にいたからこそ、お前達は強くいられたんだ」

「そ、そんな……そんなことって……！」

「事実だ、アリナ。受け入れろ」

俺の言葉に、誰も反論しなかった。どこか心当たりがあるんだろう。

自分達の強さだと思っていたものが、実は俺の存在が必要不可欠だった。その現実に、自尊心も、傲慢《ごうまん》さも、誇りも、今まで信じて歩いてきた全てを、否定された感覚に陥ってるだろう。

そんな中、ガレオンがおずおずと声を上げる。

「で、でもよ、今回も俺達に力を貸してくれたってことは、一緒に大洋館を攻略するため、だよな？　そうだよな、ジオウさん！」

「勘違いだ。確かに俺の目的は大洋館攻略だが、別にお前らの手を借りたいとは思っていない。今回お前らに力を貸したのは、俺達が楽に通る道を作るためだ」

「そん、な……！　ふ、ふざけんじゃねぇ!!」

……はぁ。逆上して殴りかかってくる。ガレオン、お前は本当に成長しないな。

瞬時に近づき、鳩尾《みぞおち》を蹴って数メートル吹き飛ばす。いい位置に入ったのか、ゲロを撒き散らして蹲《うずくま》った。

「俺は、お前達が俺にしたことを忘れていない。……俺の言ってる意味、分かるな？」

俺の問いに、全員顔を逸らした。

「俺が死にかけた時、回復をせず放置したのは誰だ？　崖をわざと踏み砕いて、崖の下に落とそうとした奴は誰だ？　流れ弾でバックアタックを仕掛けた奴は？　Sランクになりたての頃、Sランクの魔物の前で囮に使ったのは？　俺にだけバフ魔法を付与せず、必死に逃げ回る様を嘲笑っていたのは？」

……返答なし、か。

……守護森林が騒ぎ出した。そろそろ魔物が来るな。

「それじゃあ、後は自分達の力だけで乗り切ってくれ。じゃあな」

「ま、待って！　待ってジオウさん！」

リリが守護森林を出ようとしてくるが、レアナが肩を掴んで引き留めた。

「止めなさい。見苦しいわ」

「放して！　放してよ！　待ってジオウさん！　私、あなたのことが好きなの！　あなたが望むなら何でもする！　殺しもやる！　だから私も連れていって！」

……はぁ……。

「……三年前。お前の態度で俺に向けられていた好意には気付いていた」

「それじゃあ……！」

そんな目を輝かせて……慌てるなよ。

「けど、それ以降のお前の態度の急変は目に余るものだ。ゴミを見るような目で見下し、戦闘に乗じてバックアタックを仕掛けてくるし、影で何度も死ねばいいって言っているのを聞いている。……生き残るためとはいえ、簡単に手の平を返すなんて、とんだ腐れビッチだな」

「…………」

心が壊れたのか、涙も流さずその場にへたり込むリリ。……話はそれだけみたいだな。

メンバー達と決別するように後ろを向き、草原を進む。

背後から【白虎】の叫び声や、肉が弾ける音。壊され、食われ、ぐちゃぐちゃにされる音が聞こえる。

「ジ、オウ……！　ゆる、ゆるざねぇ、ぞ……！　てめぇはっ、ぜってぇ……！」

……この声、レイガか。

「安心しろ。許しても許さなくても、俺達はもう会うことはない。……お別れだ。じゃあな」

「ぐ、ぞ……ぐぞぉ……!!」

◆◆◆

「……これであんたの心残りはなくなった。良かったわね、ジオウ」

背後の守護森林が米粒に見えるくらいまで歩いたところで、レアナが優しく口を開いた。

「そうだな。……自分でもびっくりだよ。ここまであいつらに憎悪の感情を持ってたなんてな」

でないと、普通あそこまで冷酷になんてなれないだろう。自分の中の闇を感じたな。

「私としてはジオウさんの冷酷さはとてもゾクゾクしましたっ。でも残念ながら、もうちょっと綺麗に死ぬよう操れたら私的には良かったですね。なので一〇〇点満点中八〇点です」

「それ自分の部下にしたいだけだろ」

「あのリリとかいう女の子、とても綺麗な肌をしてましたからね、ぐへへへへ」

怖い。やっぱこいつ怖い。

俺とレアナがドン引きしていると、リエンが「あっ」と声を出した。

「見えてきましたよ」

「……あれが、アルケミストの大洋館か……」

まだ全然遠いのに、禍々《まがまが》しい空気が肌を撫でるようだ。まるで死へと誘《いざな》う雰囲気に一瞬たじろぐ。

「……確かにありゃ、守護森林の数倍はヤバそうだな……」

守護森林も大概だったが、大洋館からすれば庭と言われても信じられるな……。

「ふーん、中々雰囲気あるわね」

「とても大きな洋館ですねぇ。あれが私達のものになると思うと、ワクワクします」

「……お前ら、余裕そうだな」

俺、今にもチビりそうなんだけど……。

だが二人は、キョトンとした顔で俺の顔を見つめてきた。な、何だよ？

「当然よ。何てったって、最強の味方《ジオウ》がいるんだもの。それに、二〇〇体の死体を使役するリエンもいる。どう考えても負ける要素はないわ」

「私も同じ考えです。ジオウさんとレアナちゃんがいて、負けるなんて考えられませんよ」

「……お前ら……」

……はぁ……そうだよな……こいつらに俺がいるように、俺にはこいつらがいるんだ。負けるなんて、ありえないよな。

「じゃあ、Sランクダンジョン、アルケミストの大洋館……行くぞ」

◆◆◆

まずは、リエンのシノビを使って周囲を偵察させる。見たところ正面玄関が入り口だと思うが、見渡すとガラス窓が至る所にある。もしかしたら、そこから入れるかもしれない……と思ったのだが。

「ダメですね。壁にも穴は開きませんし、窓も破れないようです。裏口も見当たらないですね」

「やっぱりダメか」

ダンジョンの外壁は、どんな物理攻撃、魔法攻撃でも破壊することが出来ない。特にSランクダンジョンともなれば、七帝でも破壊することは出来ないだろう。

自然発生型ではなく、居住空間がダンジョン化するケースは俺も初めてで、念のためにと思ったが……外からも破壊は無理だな。

「それなら正面突破よ。私とジオウ、リエンの操る死体が前。リエンと、あと護衛としてエタが後ろ。これでどうかしら？」

「そうだな……俺達は当然最奥《さいおう》に向かうとして、それ以外の場所や安全地帯も把握しておきたい。リエン、二人一組を十組作って、ダンジョン中に分散させてくれ」

「分かりました」

リエンが手を上に翳《かざ》すと、周囲に二〇体のアンデッドシノビが現れた。

それとは別に、俺達と行動を共にする、エタと似たようなメイド服の女性アンデッドが三〇体。

「相手はSランクダンジョン。もう少し増やしておきましょう」

えっ、まだ増やすのか？

そこから次々に現れる、討伐ランクA、Sの魔物のアンデッド軍。エルフ、獣人、ドラゴニュートなどの人型は勿論、獣型のアンデッドも山ほどいる。

「総勢一二五体。私が殺《や》られない限り侵攻を止めない、不死の軍団ですわ」

「……すっげ……」

「半端ないわね……」

これ、俺達出る必要なくね？

「……あれ？　中途半端だけど、残りの七五体は出さないのか？」

「大きすぎて大洋館に入り切らないので出せません」

ここに入り切らない魔物って、どんだけでかいんだ……。

……いや、今は考えるのはよそう。攻略に集中するんだ。

「よし……入ろうか」

大洋館の巨大玄関の前に立つと、扉が独りでに開いていく。

「うぉ……!?」

くっ……すげぇな、このどす黒い殺気……まだ玄関なのに足が竦むぞ。

だけど……何だ？　殺気に混じって、慈しむような気配も感じる……どういうことだ……？

Sランクダンジョンにはもう何度か潜ったことがあるが……それでも、この雰囲気は通常のSランクとはものが違う。そんな気がする。

コンバットナイフを構え、レアナとアンデッド軍を率いて中に入る。

一番後ろから、リエンとエタが付いてくると、扉が勢いよく閉まり、轟音が館中に響き渡った。

そして壁に付いているランタンが一気に灯《とも》り、館の中を薄暗く照らす。

……えらく、静かだな……。

「リエン、探索を頼む」

「はい」

リエンの操作で、シノビ達が散り散りになって館の中へと消えていった。

それから俺達は、ゆっくり、慎重に歩みを進めていく。この中でSランクダンジョンの経験があるのは、俺だけだ。俺が指示を誤れば、全滅もありうる。気を引き締めて行こう。

「……静かですね……」

「Sランクダンジョンって言うから、守護森林みたいに敵がわんさか出てくると思ったんだけど、そうでもないのね」

「……Sランクダンジョンと言っても、ピンキリだ。確かに、敵の数が異様に多いダンジョンもある。だけど反対に、異様に少ないダンジョンもある。今回は後者なんだろう」

でも、そういうダンジョンに限って、いやらしい罠が仕掛けられてたりするんだよな……。

「あっ、見て見て、ジオウ！　これアダマント鉱石よっ、しかも原石！」

「えっ、マジか!?」

「マジマジ！　私の《鑑定眼》に間違いはないわ！」

数百年前に世界中のアダマント鉱石が掘り尽くされてから、たった一グラムの欠片《かけら》でさえ高値で取引されるという伝説の鉱石……しかも、両手で抱え切れないほどのデカさとは……すげぇな！

そんな希少性の高そうな物が、研究室でもない屋敷内のそここに放置されていた。

「はっ、はわわわわっ……これっ、蟲王《むしおう》の死骸じゃないですかぁ……！　流麗な括《くび》れ、堅牢《けんろう》な外骨格、八本の長い脚、十数個の目は全て複眼で……あぁ何という美しさ……！」

後ろからもリエンの興奮している声が聞こえてくる。

蟲王と言えば、昆虫系の魔物で最強の存在だ。その外骨格は全ての刃を弾《はじ》き、どんな魔法も通さない。相当の手練《てだ》れでもない限りスピードが速すぎて肉眼では捉えきれず、ミスリルすら噛み砕く顎。更に魔法を使い、火、水、風、土、雷、光、闇属性を巧みに使い分ける。

討伐ランクはSS。雷竜や水龍を遥かに凌ぐ化け物だ。グレゴリオ・アルケミスト。錬金術だけじゃなく、こんなものまで集めてたのか……俄然《がぜん》、俺達のものにしたくなったぜ。

興奮し、そんなことを思いながらアダマント鉱石に触れる。

瞬間――。

――ビーッ、ビーッ――警告、警告――ビーッ、ビーッ――警告、警告――！

「っ！　何だ!?」

こんな耳を劈《つんざ》くような音、聞いたことないぞ!?

「！　ジオウ危ない！」

「ぬおっ!?」

レアナに押し倒される形で飛び退くと、俺のいた位置を白いレーザーが走り抜けた。

「お前達、二人を護《まも》りなさい！」

リエンがアンデッドを操り、俺達の前に壁を作る。しかし、白いレーザーが十体のアンデッドを薙《な》ぎ払った。

「っ、リンクが切れた……!?」

ネクロマンサーとアンデッドのリンクが切れる。それはつまり、アンデッドがやられたことを意味する。しかもこの白いレーザー……俺の感知が間違ってなければ……！

「気を付けろ！　あのレーザーは光属性と聖属性の混合魔法だ！　アンデッドは浄化されるぞ！」

「くっ……！」

リエンもそれを悟ったのか、アンデッドを一箇所に固まらせず散開させる。

そのおかげで先が見え、そこにいたのは……。

「あいつは……蟲王、か……？」

後ろで見たものとは違い、外骨格は茶色ではなく、金属で身を覆っている。

だが……何だ、こいつは……全く生気を感じないぞ……!?

『侵入者発見。侵入者発見。排除シマス』

目を赤く光らせ、無機質な、声とも言えない音を発する金属蟲王。

それが、俺達の目の前に十数体もいた。

くそっ、まさかここに来てこんな奴らがいるなんて……！

「……まずは私が様子を見るわ」

「ま、待てレアナ！」

レアナは俺の制止を無視する。こいつに単体で挑むのは無謀すぎるぞ……！

数十メートルの距離を一瞬で詰め、剣を振るう。

ギィッ……！　金属音と火花を散らし、刃が止められた。レアナのパワーでも押し切れないか！

「硬すぎ……！」

標的をレアナに絞ったのか、全方位からレーザーが放たれる。それを間一髪避け、今度は複眼の一つに刃を突き立てる――しかしそれもはね返された。

「レアナ、そのまま引き付けててくれ！」

「了解よ！」

「リエン、レーザーに当たらないよう立ち回れるか!?」

「任せてください！」

アイツらが何なのか分からないけど、こういう外側が硬いタイプの敵の弱点は知ってる！

コンバットナイフに魔力を流し斬れ味を上げ、レアナより数段速いスピードで敵に近づく。

更にダメ元で《氷結の宝剣《ブリザード・ソード》》を展開して攻撃を仕掛ける。

「はぁ！」

狙うは関節。外側が硬い奴は総じて、関節……それも内側が弱点になる。特に昆虫型の魔物には、共通する弱点だ。これで……！

ギンッ……！

「!?　弾かれた……！」

斬れ味を上げても通さないなんて、そんなんありか!?

「これは……⁉」

レアナが《鑑定眼》で見て取った結果に驚きの声を上げた。

「気を付けて！　こいつらの表面、アダマント鉱石で出来てるわ！」

「何だと⁉」

アダマント鉱石で出来てるってのは意味が分からないが、どうりで硬い訳だ！

「出来て……って、まさか……？」

「リエン、何か分かったのか⁉」

「はい！　今確認しますので、少し注意を引き付けててください！」

リエンが複数のアンデッドを動かし、俺とレアナが相手をしている金属蟲王とは別の個体へと向かう。レーザーや脚払い等の攻撃を避け、潜るように金属蟲王の底と床の隙間に滑り込んだ。

「見つけた……！」

そしてその直後、金属蟲王から煙が迸《ほとばし》り、赤く光っていた目が灰色になって動きを止めた。

何だ……？　殺ったのか……？

動かなくなった金属蟲王を警戒していると、リエンが声を張り上げた。

「ジオウさん、レアナさん！　この蟲王はゴーレムです！　体の底に核《コア》を見つけました！」

ゴーレムだと⁉

俺の知ってるゴーレムは、コアを元に岩や土を人型に纏わせるものだ。だが出来ている物質が土系だからか、動きは単調で鈍い。それにこんな精密な外見を作ることは出来ないはずだ。

……なるほど。ここはアルケミストの大洋館。ここの主は、錬金術の大天才グレゴリオ・アルケミスト。それを考えれば、こんな人知を超えたゴーレムを作っていてもおかしくはない……！

表面をアダマント鉱石で作り上げ、物理攻撃も魔法攻撃を弾く特性を完全再現したゴーレム。弱点は、底にあるコアのみ。普通なら近づくことも許されないときた。

グレゴリオさんよ、何つー化け物を遺《のこ》していってんだよ……！

「弱点は体の底のコア……これは、一人じゃキツそうね。ジオウ、連携よ。私が何とかひっくり返すか浮かべるから、ジオウが滑り込んで仕留めて」

「……行けるか？」

聞くと、レアナはドヤ顔で胸を張った。

「ふふん、この私を誰だと思ってるのよ。まあ見てなさい」

レアナは力を溜めるように集中する。

「……行くわよ！」

「おう！」

床を蹴って一体の金属蟲王《ゴーレム》に接近する。レアナが若干早く着くようにスピードを調整すると、レアナが剣の先に火属性の魔力を集中させた。

「《火剣・咬《バーン・バイツ》》！」

剣をゴーレムに突き立てると、獅子の形をした炎の奔流がゴーレムを襲い、僅かに体を浮き上がらせた。いい攻撃だぞ、レアナ！

浮き上がった金属蟲王の腹を注視する。

……見えた、赤いコア――！

瞬時に滑り込み、流れるようにコアの中心部へナイフを突き立てるが……くそっ、ここも硬いのかよ……！

「おっ……おおおおおおお!!」

地面を蹴り加速！　全体重をコンバットナイフに乗せる！

瞬間、コアにナイフが深々と突き刺さり、さっきと同じように煙を噴き出して活動を停止した。

「ふう……ナイスだ、レアナ」

「ジオウこそ、いい攻撃よ。さ、じゃんじゃか行くわよ！」

「おう！」

弱点は分かったんだ。レーザーと脚払いに気を付ければ、決して攻略に手こずることはない！

「素晴らしいです、お二人共！　私達も負けてはいられませんっ、連携して向かいなさい！」

アンデッドたちが、レーザーに当たらないように立ち回りながら次々にゴーレムの足を止める。

「おいリエン！　当たったら浄化されちまうんだから、気を付けろ！」

「当たらなければどうということはありません！」

いやそうだけども！

数を削られ、残り二体になったゴーレムは、俺達ではなく奥にいるリエンを標的に定めたようで、リエンに向かいレーザーを放つ。

「リエン！」

「ふふ——安心してください」

次の瞬間、レーザーが一八〇度回転し、ゴーレムへはね返った。

いや……はね返したんじゃない。エタが時空間魔法で、レーザーの進路を反転させたのか。

自分のレーザーを食らってひっくり返りコアを晒すゴーレムに、俺とレアナでとどめを刺す。

「ふふふふ。エタちゃん流石ですねぇ。よーしよしよしよし」

振り返ると、リエンがエタの全身をくまなく撫で回していた。いや相手がアンデッドだからって、そんな所まで撫で回す必要ある？　ってぐらいそれはもうくまなく。

てか……時空間魔法、反則級に強いな。いやもう反則級じゃなくて反則だ。ずるすぎない、これ？

リエンの方の十八禁光景は無視するとして、ゴーレムを詳しく確認してみるか。

「レアナ、こいつら魔法も効いてなかったが、アダマント鉱石にはそんな効果もあるのか？」

「ちょっと待って。……いえ、アダマント鉱石は、ただ硬い鉱石みたい。魔法が効かなかったのは、コアに仕掛けられてる魔法障壁のせいね。こっちも、全部の魔法を無効化する効果があるみたいよ」

レアナが《鑑定眼》で確認した内容を教えてくれた。

おっかねぇな……何てゴーレムを作ってるんだ。リエンが気付いてくれなきゃ、今頃こいつらに全滅させられてるところだぞ。

「……恐らくだけど、こいつらは警備用のゴーレムね。不用意にこの館の物に触ったから、盗賊と認識されてゴーレムが作動したのよ」

「侵入時に作動しなかったのは、ここがダンジョンだからか？」

「そうね。ダンジョンは侵入されるのが常だから、その時は作動しないようになってるのかも」

Sランクダンジョンだと警戒させ、何もないと安心させる。そこで珍しいアイテムに触れさせ、警報を鳴らし、慌てふためいてるところを一網打尽《いちもうだじん》か……いやらしいことを考えるな。

「まだゴーレムが来るかもしれないわ。注意しましょう」

確かに、これだけで終わるとは思えない。もしかしたら、別のゴーレムがここに向かってるかもしれないしな……早急に進んだ方が良さそうだ。

「分かった。おいリエン、行くぞ」

「こ、これは獅子竜《ししりゅう》のたてがみ……!?　どゅへへ」

「……おいリエン」

「へへ……へ？　あ、はい。行きましょう行きましょう」

こいつ、絶対今の話聞いてなかったな。

「リエン。珍しいのは分かるが、俺達の目的は最奥だ。それまで我慢しろ」

「え～。ちょっとくらい……」

「終わったら、好きな物持っていっていいから」

「さあ行きましょう皆さん！　最奥の扉はこの先です！」

……本当、現金な奴だな。何となくレアナと顔を見合わせると、互いに苦笑いを浮かべた。

◆◆◆

リエンがアンデッドを使って調べた結果、どうやらこのダンジョンのトラップは、人じゃないものには反応しないらしい。それをシノビは罠探知で場所を特定し、罠解除でその全てを無効化する。

更に、シノビと視覚を共有しているリエンが、行く先々で待ち構えている人型ゴーレムを見つけては、それに鉢合わせしないように迂回《うかい》して進む。迂回出来ずどうしても戦う必要がある場合は、蟲王ゴーレムを相手にして無理なく倒していった。

おかげで俺達の方の損害は、最初のゴーレムと戦った時に一三体失っただけ。残ってるのは俺、レアナ、リエン、それとアンデッドが一〇二体。これが今の戦力だ。

「大洋館も、まさかこんな風に攻略されるとは思わなかっただろうな」

「罠解除が出来るのは、罠に精通する職だけだものね。トラップ師、猟師が有名だけど、どっちもレベルが上がりづらい上に魔物との戦闘では役に立たないから、どうしてもSランクダンジョンには連れていけないもの」

やっぱり、リエンの戦力は温存して良かった。もし守護森林で戦力を削られてたら、こんな簡単に進むことは出来てないだろうからな。

「……見えてきました。あれが最奥の扉です」

リエンがいつになく真面目な声を出すと、突き当たりに見えた扉を指さした。

道中スルーしてきた扉と同じように、木で出来た小さな扉。だがその奥から漏れ出る黒いオーラは、この館全体から漂う雰囲気とは一線を画しているように感じる。

「リエン。今のうちに全員に補助魔法を掛けておいてくれ。今回は多分、素のままじゃキツそうだ」

「はい」

リエンのアンデッドマジシャンに、攻撃力アップ、魔法攻撃力アップ、防御力アップ、魔法防御力アップ、素早さアップなどの補助魔法を掛けてもらった。

この嫌な感じ、蟲王ゴーレムの比じゃない……全力で行かなきゃ、全員死ぬ。そう思わせられるほどのオーラだ。

「先頭を俺。次にレアナ、アンデッド軍だ。リエンは絶対エタの側を離れないこと。エタがいれば、リエンに攻撃が届くことはないからな」

「了解よ」

「承知しました」

「よし……GO！」

廊下を駆け抜け、突き当たりの扉を体当たりで開ける。その瞬間――。

「がっ……!?」

何、だこれ……!? 何かが、俺の体を真上から押し潰してる……!? う、動かねぇ……！

目だけを動かして上を見る。だが、俺に圧《の》し掛かっている物は何もない。ただの知らない天井だけが見える。

「アンデッドマジシャン！ 魔法遮断障壁！」

十体のアンデッドマジシャンから半球状の結界が張られ、俺を押し付けていた圧が消えた。

「ジオウ、大丈夫!?」

「かはっ！ はっ、はっ、はっ……クソッ、何だこの魔法……！」

「分からない。だけど、あいつの仕業みたいよ」

あいつ？

レアナの見ている方を向くと、魔法遮断障壁の外側に、巨大な何かがいた。

ゴーレムと同じく、体全体をアダマント鉱石で覆っている百足《むかで》のような体。全長は二〇メートルくらいだろうか……。

それと、まるで人間の骨のような形の、異様に長い腕。無表情の女性のような仮面と、仮面の下から覗《のぞ》く無数の鋭い牙。

簡単に言えば、全長二〇メートル人面百足、といったところか。

「……きもっち悪《わる》っ」

「あれは私も嫌悪感を覚えるわ……と言うか生理的に無理」

「私も、あんな生物の死骸があってもときめきませんね……むしろ燃やし尽くします」

分かるぞその気持ち。あれが仲間になりたそうにこっちを見てても、間違いなく拒否するレベル。

人面百足が蠢《うごめ》きながら、真上から俺達を覗き見ると、ぽつりと何かを呟いた。

『……で、て……いけ……』

……何？

『……出て、いって……私達の家から……出て、イケェ!!』

「っ！　アンデッドマジシャン！　出力最大！」

リエンの指示で結界が分厚くなる。

それでも、結界がミシミシと音を立てはじめた。一体何の魔法だ……!?

「レアナ、今のうちに鑑定だ！」

「もうやってるわ！」

よしっ、なら俺は……！

「リエン！　俺をあいつの真上に飛ばせ！」

「えっ⁉　わ、分かりました！」

エタの時空間魔法で、結界から人面百足の真上まで瞬間移動した。

思った通り、こいつの真上は魔法の効力がない。恐らくピンポイントで、レアナ達のいる場所に魔法を掛けてるんだろう。何の魔法かは知らないが、こいつを食らわなければいいだけの話だ。

だが、こうデカくてうねうね動かれると、コアを探すなんて……！

『潰れれれれれれろろろろろ‼』

「っ！」

拳、でか……⁉　ダメだ、直撃……！

「ジオウさん！」

殴られる直前、リエンがギリギリで物理遮断障壁と魔法遮断障壁を張るが、思い切り殴られて壁まで吹き飛ばされた。

あっぶねぇ……あともう少し遅かったら、直撃だった……完全に死角にいたつもりだったが、もしかして俺のいた場所を感知したのか？

「助かった、リエン！　俺の方は大丈夫だ！」

「無茶しないでくださいね！」

「ああ！」

俺にあるのはスピードだけ……なら、俺が囮になって注意を引く！

「おら、こっちだでかぶつ！」

全速力で人面百足の背後に回ろうと走ると、俺に気付いたのかぐるんと俺の方を向いた。

『死ね死ね死ね死ね死ね死ね死ね死ね死ね死ね死ねェア!!』

俺に向けて拳の連打。威力もスピードも、今まで戦ってきた魔物と比べて桁違いだ……！

とにかく今は、避けて避けて避けまくる！

「っ、こちらの魔法が切れました！　攻撃を仕掛けます！」

「あーもー！　まだ鑑定終わってないのに！」

魔法遮断障壁が解除されると、レアナとアンデッド軍が一斉に人面百足に向かって突っ込む。

『……邪、魔……私達の、家……家……家えええええええええええええ!!』

くっ、何つー馬鹿でかい声だ……！

威嚇とも取れる声に一瞬怯《ひる》んでしまった。その隙を逃さず、人面百足は体を限界まで捩《よじ》り、次の瞬間には体を鞭《むち》のようにしならせ、暴れ回った。

「速すぎ……！」

俺でも躱すのが精一杯だ……！　レアナとリエンは……!?

「このぉ！」

レアナの方を見ると、鞭の嵐のような体当たりを剣捌きと持ち前のパワーで確実に防ぎ切っていた。やっぱSランクとして認められるだけあるな。

対してリエンは、エタの時空間魔法で攻撃を全て別の場所に飛ばしていた。あっちはエタがいるから心配なさそうだ。

数秒か、数十秒か……暫くすると攻撃が止んだ。

ここで攻撃しても全て弾かれる。ゴーレムと同じ構造なら、魔法も効かないだろう。ならコアを探すしかないんだが……どこだ、どこにあるんだ……!?

　アンデッド軍も少しずつ攻撃しながら、コアを探す。だが数十体は、さっきの体当たり攻撃で押し潰されたみたいだ。

『……生き、てる……生きて、る……生きてる、生きてる、生きてる生きてる生きてる生きてる生きてる生きてる生きてる生きてる生きてる生きてる生きてるるるるるぁぁぁぁあああ!!』

「っ！　皆さん、口からレーザーが放出されます！　蟲王ゴーレムと同じ属性です！」

　まずいっ、これ以上アンデッド軍を削られる訳には……！

「こんのおおおおお！」

「レアナ!?」

　いつの間にか跳躍していたレアナが人面百足の顎下を思い切り蹴り上げ、連続して剣で斬り付ける。その衝撃で、レーザーが天井に向かって放たれた。

　……レアナのパワー、えげつな……。

「だが、助かった……」

「まだよ！」

「あ、ああ！」

　そうだ、まだ倒してはいないんだ。油断するな、俺……！

『……何、で……何で……ナンデ……生きてる？　旦那、さま……うそついた？　うそついた……旦那様、嘘つき……嘘つき、嘘つき……死なない、死んでない、生きてる……死ねあああああああああああああああああああああああああああああああああああああ！！！』

くそっ、また威嚇……！

「例の魔法来ます！　魔法遮断障壁！」

っ！　あの圧力がかかる魔法！

「レアナ、直ぐに鑑定を！」

「ええ！」

どこか……どこかに絶対隙があるはずだ……！

展開された魔法遮断障壁の中で、圧の魔法が切れるのを待つ。

突入と同時に受け、間を置いての二回目だ。多分、この魔法は連続使用も出来ないし、連発も出来ないんだろう。これほどの大魔法だ。魔力を練る時間が、ラグになってるんだろうな。

それに、魔法を使っている間に攻撃を仕掛けてくるようには見えない。全魔力をこの魔法に注ぎ込まざるを得ないのだろう。なら、俺もその間に魔力を溜めさせてもらう……！

魔力をコンバットナイフに集中させる。プラスして、体の内側に流れる魔力を練り高めた。

ミシミシと結界が軋《きし》む音が不安を募らせるが……今は、この結界の強度を信じるしかない。

「リエン、もうちょっと粘って！　多分、あと五秒くらいだから！」

「へ!?　五秒って………あっ、魔法切れました！」

「よしっ、分かったわ、あの魔法の正体！」

鑑定が終わったか……！

「戦いながらでいい！　教えてくれ！」

俺は即座に魔法遮断障壁の外に出て、人面百足に向かって走る。

「あいつの魔法は重力属性よ！　強大な魔法だから、持続時間は三〇秒！　クールダウンは五分！　基本的に圧力をかける魔法だけど、他にどんな魔法があるか分からないから注意して！」

「重力属性……⁉」

そんな属性聞いたことないぞ……！　どうやって凌げば……！

「お二人共、安心してください！」

っ、リエン……⁉

「私のアンデッド軍で援護します！　直ぐにコアを見つけるので、お二人は少しでも此奴《こやつ》の足止めを！」

「そうか、頼むぞ！」

アンデッド軍が人面百足に飛びかかる。それに乗じて、俺とレアナも胴体へ飛び乗った。

「こんな化け物を足止めって、無茶言ってくれるわ……」

「そう言うな。俺達なら出来るって、信頼してくれたんだろ」

「はいはい。なら、期待に応えなきゃね！」

レアナが剣に炎を纏わせ、思い切り跳躍した。

「化け物、これでも食らいなさい！」

更に体に身体強化魔法を掛け、足裏から炎を噴き出すことで推進力を生み出し、体の節目に向かって剣を突き刺した。ある程度のスピードとパワーがあれば、体の節目なら効くのか！

『があああああああ⁉　痛い痛イいだいいだあああああああああああ⁉』

「ぐっ……！　こんだけやっても、ほんのちょっとしか……えっ、抜けない⁉」

「レアナ、あぶねぇ！」

レアナの体を抱き上げ、暴れ狂う人面百足から離脱する。そのせいで、レアナの剣を置いてきてしまった。

「あ、ありがとう、助かったわ……」

「礼はいい。それより、レアナのおかげで効きづらいが物理攻撃が通じることが分かった」

アダマント鉱石は物理攻撃を無効化してる訳じゃない。ただ異常に硬いってのが分かっただけでも、儲《もう》けもんだ。

「だけど、俺にはレアナみたいなパワーはないからな……攻撃手段が……」

「それは遠回しに私をディスってるの？　それとも怪力女って揶揄《やゆ》してるの？」

「褒めてる褒めてる」

だからそんなむすっとした顔をしないでくれ。

「……ジオウ。前から思ってたけど、あんたって自己評価低いわよね」

「低いんじゃない。真っ当な評価だ」

俺だって長年冒険者として培《つちか》ってきた経験と勘がある。こんな化け物達に向かっていくのは、俺のステータスじゃ話にもならない。それを可能にしてるのは、良くも悪くも仲間達のおかげだ。俺一人だったら瞬殺されるだろうよ。

「……あんた、よく思い出しなさい」

「何を」

「……手加減されたとは言え、あんたはあのエンパイオと渡り合った。ここに来る途中のスーパーゴリラも余裕で倒せた。これまであんたと行動してきて、あんたが強いことは分かってるつもりよ」

……俺を、励ましてくれてるのか……？　え、俺、自分より年下の女の子に励まされてるの……？　それはそれで凹む……。

「なぁに凹んでんのよ!?　いい！　あんたは強い！　今までは【白虎】というパーティーで、本物の化け物達の中にいたから自分では気付いてないだけ！　あの地獄での経験は、あんたの自信を打ち砕くものじゃないわ！　地獄を乗り越えて磨かれた、経験と知恵があんたの本当の力よ！」

……経験と、知恵……。

「……俺に、出来るか……？」

「私の眼を信じなさい。――大丈夫、あんたは強いよ」

……はは。まあ、女の子にここまで言われて、奮い立たないようじゃあ……男じゃないよな。

「……ありがとう、レアナ。出来るだけやってみるよ」

「ええ。さあ、行くわよ！」

「おう！」

リエンが引き付けてくれていたおかげで、魔力を練り上げることが出来たぞ。

「俺なら出来る。やれば出来る。出来る、出来る、出来る……！」

風魔法をナイフに纏わせることで斬れ味を上げる。

まだ……まだだ……！

更にナイフに乱回転の風を纏わせ、攻撃範囲と破壊力を上げる。

「よし……！　ぐっ!?」

魔力コントロールが難しいが、猶予《ゆうよ》はない！　一気に行くしか……！　空気抵抗をなくし、追い風を起こすことで一気にトップスピードに持っていく！

リエンとレアナのおかげで、奴は俺に気付いてる様子はない。攻撃を仕掛けるなら……。

「ここだ……！」

暴れ回る胴体が僅かに止まった隙を見逃さず、節目にナイフを突き立てた。

よしっ、これだけのスピードと斬れ味なら、硬いけどナイフも通るぞ！

『キャアアアアアアーーーーー!?　痛いよぉ！　痛いよ旦那さまあああぁぁぁあぁああぁぁぁぁぁぁああああ!?　たすけっ、助けでぇえぇぇぇああああああああ!!』

しまっ、振り落とされ……!?

不規則な鞭のような動き……！　避けきれない……!?

「エタちゃん！」

目の前に胴体が迫った瞬間、目の前の景色が変わり、いつの間にかエタの胸の中に抱きかかえられていた。

「ふぅ……間に合いました……」

「……え、あっ、時空間魔法かっ。わりぃ、助かった」

「気にしないでください。私、潰れたカエルのようにぺしゃんこの死体は、好みじゃないので」

はは……さいですか。

苦笑いを浮かべると、レアナも時空間魔法で瞬間移動してきた。

「ジオウ、大丈夫!?」

「ああ、何とかな。それで、リエン。レアナも瞬間移動させたってことは、何か分かったか？」

「はい。あ、いえ、まだ推測ですが……」

申し訳なさそうにするリエン。

「推測でもいい。頼む」

「……共有している全アンデッド軍の視界を確認しましたが、胴体にコアは見つかりませんでした」

っ！　そんな……あれはゴーレムじゃないのか……!?

俺とレアナが愕然としていると、「ですが」と、リエンが続ける。

「あの化け物はゴーレムです。全く生気を感じられないので。ならば、どこかにコアがあるはず
……そしてまだ確認していないのは、一箇所だけ」

リエンが指さした先を見る。

そこには、無表情の女性の仮面が、まとわりつくアンデッド軍へレーザーを放っていた。

「……なるほど、仮面の下にあるかもしれないのね？」

「恐らく……ゴーレムは作る時、排熱の関係でコアは外に露出させていないといけないという、絶対の決まりがありますから。でもあの化け物は、大天才グレゴリオ・アルケミストの作ったゴーレム。常識は通用しないかも……」

……そういうことか。

「なら、あれをひっぺがして確認するしかないな。あそこからレーザーが出るのは分かってるし、俺とレアナで何とかするしかない。リエンのアンデッド軍は陽動。いいな？」

「ＯＫ」

「ご武運を」

目的があるなら、これで闇雲に戦わなくて済む。さあ、反撃だ！

アンデッドマジシャンに強化魔法を掛け直してもらうと、俺とレアナは同時に人面百足へ向かっていった。

「あのお面をひっぺがすって、かなり大変よ。また鞭のように暴れられたら、剥がすどころか逃げ回るだけで精一杯だけど」

「大丈夫だ、考えがある」

まだ暴れ回る人面百足。多分、まだ時間に余裕はある。

「あいつが重力魔法を使う時、中心から全く動かなかった。そして範囲は、あいつのいる中心を除いた部屋全体だろう。剥がすにはその隙を狙うしかない」

「……あんた、よく見てるのね」

「化け物と戦うなんて、日常茶飯事だったからな。僅かなヒントから攻略法を導くのには慣れてるんだ」

【白虎】にいた時、あいつらが取りこぼした化け物を始末するのは、俺の役目だった。そのせいでいつもボロボロだったけど。

「レアナ、俺をあのお面の場所まで飛ばせるか？」

「出来なくはないけど……リエンに頼めなかったの？」

「見てみろ」

指をさすと、リエンが必死にエタやアンデッド軍を操り、時空間魔法を駆使して翻弄しているのが見える。あれがなければ、そもそも俺達はこうして喋ってる余裕はない。それほど、リエンのアンデッド操作は完璧だった。

「……流石に無理そうね。分かったわ」

「頼りにしてるぞ、お前のパワー」

「それは私が馬鹿力だと言いたいの？」

「褒めてる褒めてる。適材適所だ。行くぞ！」

「あっ！　……もう！」

とにかく今は言い争ってる時間はない。リエンの集中力だって、ずっとは続かない。現に今だって、何体か攻撃に巻き込まれている。

勝負に出るなら今……！

胴体の鞭攻撃と細腕から繰り出される無造作なパンチを躱し、重力魔法の範囲外——人面百足の真下に潜り込んだ。

レアナが俺の前に滑り込むと、手を組んで深く構える。

「思い切り飛ばすわよ！　どうなっても知らないからね！」

「ああ！　頼んだ！」

スピードに乗ったままレアナの構える手に足を乗せ、

「どおおおおりゃぁぁぁぁああ！！！！」

フルスイング——！

そこにタイミングを合わせて跳躍し、自己加速！

結界によって空気抵抗をゼロにして、音速に迫るスピードで仮面まで飛び。

このまま仮面を掴む……！


スカッ。


「いっ⁉」

空振った⁉

「ジオウ！」

「ジオウさん！」

っ、まだだ……まだ！　俺はやれば出来る！　やれば出来るんだから、今やらずにいつやんだよ！

「こなくそぉおおおお‼」

無意識のうちに空中に空気のクッション
を作り、それを足場にして弾かれるように進行方向を正反対に変える。その勢いが、さらなる加速を生み出した。

そして……掴んだ！

「せえええええいッッッ‼」

バリバリバリィッ！

剥がしたァ！

『アァァァァァァアアアアアアア‼　私の仮面⁉　旦那様から頂いた私だけのぉぉおおおぉぉぉぉおぉぉぉ‼　返して返して返して返してええええええああああああ！！！』

すると不思議なことに、剥がれた仮面が普通の人間サイズへと縮み、俺の手に収まった。

「誰が返すか！」

地面に素早く着地するとリエンに向かって仮面を放り投げる。

「リエン、飛ばせ！」

「は、はい！」

エタの時空間魔法が発動し、仮面がグレゴリオ市の俺のホテルの部屋へ瞬間移動した。

これで顔を隠すものはない。さあ、その仮面の下を見せてもらおう……か……。

「……何だよ、あれ……」

「嘘、でしょ……だって、コアって球体のはずじゃ……」

レアナもショックを受けたような顔している。どうやら見間違えじゃないみたいだ……けど……。

仮面の下にあったのは、赤く光る球体ではなかった。

俺達の目が狂っていなければ、そこにあったのは——生身の女性の体だ。

心臓部から一本、背中から二本、首から三本の管が肌を突き破り、下半身と両手首と一緒に百足の額と繋がっている。

『仮面……仮面ああああああ！！！！！！』

女性が憤怒《ふんぬ》の表情で慟哭《どうこく》する。

生身の人間を基に、ゴーレムを作り出しやがったのか……そんなもの聞いたことないぞ……！

「レアナ、リエン！　人間を基にしたゴーレムなんて作れるのか⁉」

「聞いたことないわ！」

「私もです！」

俺達の誰も知らない……てことは、これはグレゴリオ・アルケミストだけが作れるゴーレムってことか！

しかもこのゴーレムの言葉から、グレゴリオ・アルケミストのことを心底好いて……いや、愛していたんだろう。

そんな人を材料にするなんて……生粋《きっすい》のマッドサイエンティストめ！

『旦那様ぁ……旦那、様から頂いたのぉ……返してよぉ……返してよおおおお!!』

「うっ!?」

「キャッ!?」

さ、さっきより速いぞ……!?　あの鞭のような動きっ、どうにかしないと……！

「このっ、止まれ！　《絶氷の牢獄《アブソリュート・プリズン》》！」

炎竜のブレスでも溶けないとされる氷属性最強の捕縛《ほばく》魔法だ！　この中なら暴れられないだろ！

『邪魔ああ！！！』

咆哮《ほうこう》。

たったそれだけで最強の捕縛魔法にヒビが入った。

「うっそだろ……!?」

物理でも魔法でもなく、咆哮でヒビを入れるのか……!?

人面百足はその隙を逃さず限界までとぐろを巻き、まるで打ち出すように円形状に胴体を振るった一撃で、《絶氷の牢獄《アブソリュート・プリズン》》が粉々に砕かれた。

半狂乱状態の人面百足は、まるで駄々をこねる子供のように暴れ回る。

これじゃあ、コアを壊そうにも狙いが定まらない……！

「ジオウ、どうする!?」

「どうするもこうするも、どうにかして押さえ付けるしかない！」

それにこんな無造作に暴れられたら、リエンのアンデッド軍も直ぐに消えちまう……！

「ぐっ……！　お、お二人共！　私の部下が五〇体を切りました！」

「何!?」

さっきまで、まだ一〇〇体以上いたはずだろ!?

「うかうかしてられない！　レアナ、お前のパワーであいつを一瞬でも止めてくれ！」

「やっぱあんた、私のことゴリラだって揶揄してるでしょ!?　あーもー了解よ！」

レアナは全身に炎を纏わせ、更にパワーを強化した。

俺も、風魔法を体に纏ってスピードを強化する。

『そこかぁ!?　私の仮面を奪った盗っ人おおおおおおお!!　シねぇ、死んで償えあああああ!!』

降ってくるのは拳と胴体の雨。だが、それをレアナとアンデッド軍の攻撃が弾き返す。

「うちのボスを簡単に殺れると思わないでよ！」

「数が減った分操作も精密です！　護《まも》り抜きます！」

お前ら……。

……女が覚悟決めて気張ってんのに、男の俺が頑張らない訳にはいかない、か。

「すーーー……はぁーーーー……すーーーー……んっ！」

息を止め、心音を小さくし、標的に向かって全神経を集中する。

俺に向かってくる攻撃は、躱さず、防御しない。皆が弾いてくれると知ってるから。

だから俺は、ありったけを……！

さっき編み出した空気のクッションをいくつも作って跳び上がる。

空気のクッションを一つ蹴るごとに、加速。更に、加速。真っ直ぐ、ただ真っ直ぐ、真上に……！

その意図を理解したのか、レアナとリエンが動く。

レアナが足裏から炎を噴出させると、そいつを推進力にさっき突き刺した剣へ向かっていく。

「《炎釘》《ヒート・ネイル》！」

そこに渾身《こんしん》の拳を叩き込むと、力を全て乗せた剣が根元まで突き刺さる。

「どおおおおりゃあああああああ!!」

そのままの勢いで壁に叩きつけ、人面百足自身が展開している重力魔法で更に押し潰した。魔法は効かなくても、圧力自体には耐性はないみたいだな。

『いづああああああ!?　旦那様、あづいいだいアヅイイダイああああああああああ!?』

流石に重力魔法を解除したのか、ビクビクと痙攣《けいれん》しながらのたうち回る人面百足。

その真下に、前に見たことがある魔法陣が展開され、巨大な黒い手が召喚された。

「ギガントデーモン、捕まえなさい！」

人面百足をすっぽりと覆うギガントデーモンの手。それが人面百足を渾身の力で握り締める。

『いぎいいいいいいぃぃ!? やだぁ! ごめんなさい旦那様! ごめんなさいごめんなさいごめんなさいごめんなさいごめんなさい! 狭いよ痛いよやだよおおおおおおおおおおおおお!!』

暴れ、這い出ようとしてもギガントデーモンの手からは逃れられない。

俺は加速を重ね、天井近くまで跳ね上がっていた。

真下に見える、泣き叫ぶ女の顔。

グレゴリオ・アルケミストが作った、人体を使ったゴーレム。人面百足。

どれ程の年月、その姿でいたのか……想像も付かない。

だけど……それも今日で終わりだ。

「ゆっくり、おやすみ」

俺は最後の加速を重ね、真下に向かって跳躍。

ナイフに纏う風は、俺自身の加速によって暴風から暴嵐へ変わる――。

「《瞬剣・暴嵐《ブラスト》》!」

刹那《せつな》――首へナイフが到達し、僅かな抵抗を覚える。

「おおおおおおおおおおおおおっ!!」

だがそれも一瞬。首を斬り裂く感覚と共に、目の前に女性の首が舞った。

その顔は、憤怒に塗れた表情ではなく……悲しい、笑顔だった。

『……ぁぁ……ありがとう……』

その瞬間、頭の中に大量の映像が流れ込んできた。俺の見たことのない、風景だ。

そして目の前にいる、優しそうな笑みの男。青髪の長髪で、丸眼鏡を掛けた……そうか、こいつが、グレゴリオ・アルケミスト……。

『旦那様、お食事の時間です』

『旦那様、もっと当主様としての自覚を持ってくださぃ』

『全くもう、旦那様ったら……』

『旦那様。……いえ、呼んでみただけです。ふふっ』

『仮面？　これを私に？　……センス皆無ですね。え？　嫌です、これは私が頂いたのですから、返しませんっ』

『旦那様……私なんかでいいんですか……？　……嬉しい……ありがとう、ございます……！』

『旦那様。サシャは旦那様を、愛しています』

これは……この人の、記憶……？

幸せそうな記憶だ……。グレゴリオも、想像していたような人物じゃなく……真っ当な、好青年といった印象だな……。

だけど……。

『旦那様？　このお部屋は何ですか……？』

『旦那様っ、どうしてサシャを置いていくのですか!?』

『旦那様！　旦那様っ！　助けてください、旦那様ぁ！』

『痛い！　旦那様止めてください！　この管を抜いてくださ……ああああああああああああ

あああああああ!?　痛い痛い痛い痛い痛い!?　だんなっ、ざまあああああああ!?』

『だず、げ、で……だ、んなざ、ま……』

……酷い。酷すぎる……。

この人……サシャさんは、愛するグレゴリオに無理やりこの姿にさせられたんだ……。

今までの優しい顔が嘘のように、まるで、何かに取り憑《つ》かれたかのようにサシャさんに手を加えるグレゴリオ。

目を背《そむ》けようにも流れてくる映像には逆らえない。

サシャさんを人面百足に変えたグレゴリオは、恍惚とした顔でサシャさんを見上げる。

『あぁ……サシャ、綺麗だ……綺麗だよ、サシャ……。さあ、僕と一つになろう。永遠に』

っ……自分の身を、サシャさんに食わせた……！

『だんなざま……だんな様……旦那、さ、ま……』

仮面で顔は見えない。

それでも、その顔は涙で濡れているようで……。

ここで映像がプツンと途絶え、俺の意識は暗闇に落ちていった……。

◆◆◆

「…………。……んっ、ぐ……」

「あ、起きた?」

……レア、ナ……？

真上に見えるレアナの（ほぼないと言っていい）下乳と顔。それに後頭部に感じる柔らかくもハリのある感覚。

……動けないふりしとこ。

ぼーっとしていると、リエンがアンデッドマジシャンを使って俺に治癒魔法を掛けていた。

「リエン……ありがとな」

「いいえ。ご気分は如何《いかが》ですか？」

「ああ、何とか大丈夫そうだ」

まだ全身の疲労が抜け切ってないけど、痛みは殆どない。

「……二人共、大丈夫か？」

「あんたよりマシよ。あんたの両腕、ひしゃげてたんだから。今はリエンが治してくれてるけど、下手すると取れてたわよ」

「げ、マジか……」

あの加速戦法、唯一化け物と渡り合えると思ったんだが……俺の体が付いていけなかったんだな。まだ改良していかないと……。

「……あっ、あいつはどうなった？」

「人面百足なら、ジオウさんがコアである女性の首を落とした瞬間に灰になりました。女性の体は残っています」

そうか……。

「……リエン。俺の方はもう大丈夫だ。それより、頼みがあるんだが、いいか？」

「はい。どのようなことですか？」

「……あの人の体、綺麗にしてやってくれ。首も繋げて、管も抜いて欲しい。……出来るか？」

「えっ……まあ、出来ますけど……」

……やっぱり乗り気じゃない、か……そりゃそうだ。ついさっき殺されかけた相手だもんな……。

「頼むよ、リエン。お前にしか頼めないんだ」

「……あの人に一目惚《ぼ》れした、って訳じゃなさそうですね。分かりました。理由は後でお聞きします」

リエンは俺の側を離れると、サシャさんの元に向かった。

「ジオウ、どうしたのよ一体？」

「……あの人の……サシャさんの首を斬った瞬間、記憶が俺の中に流れ込んできた」

幸せな記憶も。辛い記憶も。

記憶で見たことをレアナに話すと、怒っているような、悲しんでいるような、哀れんでいるような……複雑な顔をして、俺の頭を撫でた。

「……ジオウの判断は、間違ってないと思うわ」

「……ありがとう」

……な、何か、今頃になって年下の女の子に膝枕してもらってるの、恥ずかしくなってきたぞ。

「そ、そうだっ。ダンジョン報酬はどうなった？」

自分でも分かるほど露骨に話を変えた。レアナもくすくす笑ってるし……恥ずかしいなあ、もう。

さっきも言った通り、ダンジョンを攻略すれば、攻略者それぞれに見合った報酬がドロップする。今回の攻略の難しさから考えれば、かなり期待出来そうだ。

「それなら、ちゃんとジオウの分も取ってあるわ。これよ」

レアナが差し出してきたのは、一見普通のナイフのようだが……いや、これナイフじゃないな。ここのダンジョンから考えると……。

「もしかして、アダマント鉱石を使ったダガーか？」

「正確には、芯にミスリルとアダマント鉱石の合金を使って、表面にダマスカス鋼を使ったダガー。名前は、アンサラーというらしいわ」

「アンサラー……」

……これが俺のダンジョン報酬なら、ありがたく受け取ろう。これからは市販の武器じゃ、俺のあの動きには耐え切れないだろうからな。

「レアナとリエンの報酬は、どんなものなんだ？」

「私のは、芯に獅子竜の牙、表面にヒヒイロカネ、鞘に水竜の鱗を使った、魔剣レーヴァテイン。抜くと炎が噴き出るから、今は見せられないけど。凄いわよ。魔力消費なしで、私の全魔力以上の炎が出るんだから」

確かに凄い。今回のレアナの炎には助けられたが、それ以上なんてな……。

「リエンの報酬は、ドラゴンゾンビの骨を芯に使って、表面を純銀で覆い、中央にソロモンの涙と呼ばれる呪われた宝石を嵌めたペンダントよ。名前はホープジュエリー。ネクロマンサー以外が身に着けると死ぬ呪いが掛けられているけど、ネクロマンサーが着ければ、ネクロマンサーとアンデッドの関係が強固なものになるらしいわ」

「……詳しいな」

「私の《鑑定眼》は誤魔化せないわよ」

ふふん、とドヤ顔をするレアナ。いや信じてない訳じゃないが、どうも《鑑定眼》にしては見えすぎてるような気もする……俺の思いすごしならいいけど。

レアナの眼に違和感を覚えていると、リエンがこっちに近づいてきた。

「ジオウさーん。終わりましたー」

「ん。リエン、ありがとな」

起き上がり、レアナと並んで、サシャさんの元へ歩く。

体は布に包まれて見えないが、切り離した首は綺麗に繋がっていて、斬った痕すら見つからない。

「流石だな」

「うわ、凄いわね……これアンデッドにやらせたの？」

「いいえ、私がやりました。死体を綺麗にするのは、ネクロマンサーのお仕事でもありますから」

この技術は一回生で見せてもらったが、もう何が何やら全く分からなかった。あれはどう頑張っても、俺には真似出来ないやつだ。

「リエン、俺の部屋に行って、こいつの仮面を持ってきてくれ。多分、小さくなってるだろうから。あと同時に、館の外に俺達を瞬間移動させて欲しい」

俺はサシャさんの遺体を抱き上げると、エタの時空間魔法で館の外に出た。

「リエン、墓穴《はかあな》を掘ってくれ」

「はい」

リエンの使役している土属性魔法を使うアンデッドが、土を掘り起こす。

そこにサシャさんを横たえ、リエンの持ってきてくれた仮面を顔に嵌める。

無表情のように思えた仮面が、今はどことなく笑ってるように見えた。

「サシャさん。せめて安らかに眠れ」

リエンに合図すると、サシャさんの横たわる穴に土を被せ、その上に大中小の石を並べた。俺の実家の方に伝わる、埋葬方法だ。

左胸（正確には心臓）に右手を添え、黙祷《もくとう》をする。

「……死者に関してはリエンが一番詳しいから、墓の世話を頼めるか？」

「勿論そのつもりです。懇切《こんせつ》丁寧にお世話しますよ」

「頼んだ」

……よし。これで全部終わりか……長いようで短いダンジョン攻略だったな……。

「なーに終わったような顔してんのよ。まだ一つ、大事なことしてないでしょ？」

「大事なこと？」

「ここを拠点に、ギルド立ち上げの宣言をしなきゃ！」

……あっ、そういやそれが目的だった！

「ジオウさん。もうギルドの名前は決めてるんですか？　冒険者ギルドってことはないですよね？」

「勿論だ」

国に属さず、自分達から戦争や政治には一切介入しない。陰ながら世界の動向を確認し、世界の裏側で密《ひそ》やかに動く存在。

大洋館に正対し、右手を挙げる。

「俺はここに、ギルド【虚《うつ》ろう者《もの》】の設立を宣言する！」

宣言した瞬間、俺を白い光が覆い、頭の中に文字が浮かび上がった。

◇◇◇◇◇

雇用主が組織【虚ろう者】を設立しました。
スキル名：《縁下》Lv．2
スキルランク：ユニーク
発動条件：オート
効果：発動者が所属する組織全体のステータス量を一定の倍率で増加させる。
倍率：3倍

幕間

守護森林内にて。

「おやおヤ。ちょっと助けに入るタイミングが遅かったですかネェ。いち、にぃ、さん、よん……四人しか生き残っテいませんカ」

「負の感情を集めるためにタイミングを見計らっていましたガ……彼らを絶望の底に叩き落とすにハ、これだと足りないですネ。どうしたものカ……」

「……いや……ふム……ふむふむふム!?　これは……何と素晴らしイ！　何というどす黒い負の感情でしょウカ！」

「魔導師のお嬢さン。とても深い後悔と悲哀の感情。甘美……実に甘美で青い感情デショウ」

「こちらの格闘士のお兄さン。マグマのように濃ク、まとわりつくような怒リ……まるで喉の奥に絡まって取れなイ、憤怒の感情……」

「剣士のお嬢さンは、また珍しイ！　虚無と羞恥《しゅうち》が入り交じっタ一番不安定な感情！　一つ間違えれば感情諸共《もろとも》、魂が壊れてしまうほどのアンバランス！　ん～～～ッ、実に香ばしイ……！」

「最後にあなたァ……力へノ羨望《せんぼう》、嫉妬、憎悪……負の感情を煮詰めて作られたようナ、闇の感情……私の仲間にモ、あなたほどの闇に呑み込まれた人はいませン。じ～つ～にッ、興味深ァい」

「さア、あなた方には二つノ選択肢がありまス！」

「選択肢一。このまま生きることを諦メ、生きながらに魔物に食われル」

「選択肢二。私の配下に加わリ、そのどす黒ク、行き場のなイ感情を復讐に使ウ」

「決めるのハ、リーダーであるあなた次第」

「でーすーガ」

「私と契約するならバ、今までの力とは比べ物にならないほどノ力を、あなた方へ与えると約束しましょウ！」

「負の感情が濃ければ濃いほど……恨みが強ければ強いほど、あなた方は強くなれル」

「さァ、どうしまス？」

「…………」


ニヤリッ。

「本契約、成立でス」

第三章　エルフ、遭遇

アルケミストの大洋館を攻略し、早一週間が経った。

ダンジョンから普通の家屋に戻った大洋館は、おどろおどろしい雰囲気はどこへやら。今ではリエンのアンデッド軍のおかげで、汚れた外壁や館の中はキレイさっぱり掃除されていた。

かく言う俺とレアナは協力して、今は大洋館の周りを囲うように結界を張っている。

張っている魔法は光中級魔法の《光学迷彩《カモフラージュ》》だが、単純に張るだけでは効果は絶対じゃない。光属性が付与されている杭を複数箇所に打ち付けることで、効果を上げることが出来るのだ。

数は全部で三〇箇所。そのために、レアナのパワーで杭を打ち付けてもらってるところだ。

「ふぅ……それにしても、でっかい杭ね。私より大きいじゃない」

「別に小さくても良かったんだがな。魔法の効果を上げる杭は、でかければでかいほど、数が多ければ多いほど良いとされてるんだ。流石にここまで用意するのは大変だったけど、外からの侵入を防ぐためなら、これくらいやらないとな」

「ふーん。はい、これでおーわりっと」

片手で軽々と持ち上げ、それを一発で地面に突き刺した。

ユニークスキル《縁下》のレベルが上がったからか、レアナのパワーは前とは比べ物にならないほど上がっている。本人は、既にパワーアップしたことを気にもしていないが、傍《はた》から見るとどうしても一瞬たじろぐな……。

「よ、よし。じゃあ……《光学迷彩《カモフラージュ》》」

杭の一つに魔法を掛けると、刻まれているルーン文字が白く光った。それと連動して、他の杭の文字も白く光り出す。

大洋館をぐるっと囲うように刺さっている杭同士が魔力の線で繋がり、半球状の《光学迷彩《カモフラージュ》》を作り出した。

「これで、外からは見えないだろ。物理遮断障壁と魔法遮断障壁は、リエンに任せよう」

「もし、守護森林を抜けて来た奴がいて、ここまで辿り着いたらどうするの？」

「それもしっかり対策済みだ」

リエンに頼んで、地中深くに方向を迷わせるルーン文字を彫ってもらっている。俺達以外がこの草原に来た場合、絶対にここに辿り着かないように。

「お疲れさん、レアナ。お茶にしようか」

「私チョコレットが食べたいわ」

「はいはい」

レアナを伴って、館に戻る。

館の中を簡単に紹介すると、玄関ホールのある一階には部屋が六つ。二階には四つの、合計十個の部屋がある。

その中の一つは、レーゼン王国のレアナの部屋に。もう一つは、ボナト村に買い取った家に、エタの時空間魔法で繋げている。

最奥の部屋をギルドマスターである俺の執務室とし、その近くをリエンの事務室にした。レアナは基本的に稼ぎ頭として、外で依頼をこなしているから自室はいらないとのこと。

と言っても、依頼以外は殆ど俺かリエンの所にいて、資料整理を手伝ってくれている。実際書類仕事なんてやったことないから、意外と細やかなことに気付くレアナには助かっている。

まあ、まだ依頼もないし、書類と言ってもレアナの外部での仕事の確認だけど。

残りの六つの部屋の使い道は、これから考えていく予定だ。

話は変わるが、アルケミストの大洋館の攻略を達成し、グレゴリオ市から報酬が支払われた。元々依頼で来たんだし、正当な報酬を受け取る権利があるからな。

その報酬は、金貨五〇〇〇枚。そして、この大洋館の占有権だ。

プラスして、グレゴリオ市にこの館にあった錬金術の資料を金貨八〇〇〇枚で売りつけた。これでも安いと泣いて喜ばれたが、そんなに凄いものだったのか……。

レアナもちょくちょく依頼や個人依頼をこなし、今このギルドにある金は、金貨が約一五〇〇〇枚。まだ他のギルドに比べても、全然少額だ。

そろそろ次の手を打つか……。

リエンとレアナを執務室に呼び、ソファーに腰を掛けて作戦会議を行う。

「レアナのおかげで、貴族やミヤビ大商会からの依頼が絶えない。金払いもいいし、一度俺も会ったが好感の持てる相手だった。だけどそれだけに頼ってもいられない。よって、他にも金づる……もとい、資金源を確保しようと思う」

「それはいいけど、私達の存在は極秘よ？　下手に宣伝は出来ないわ」

レアナの言う通りだ。【虚ろう者】の戦力が国内外に知れ渡れば、絶対それを狙ってやって来る奴らが出てくる。

だけど俺達も万能じゃないし、下手をすればボロ雑巾のように使われる可能性もある。

「リエン。この中じゃお前が一番世の中のことについて知ってるだろ？　何かいい案はないか？」

「そうですねぇ……今この世界に、ギルドのない都市はないです。だから、そこ以外の都市を狙うのがいいと思います」

……ギルドのない都市はないのに、それ以外の都市って、どういうことだ？

俺とレアナが首を傾げていると、エタを操作して一冊の本を持ってきた。

「私の記憶が正しければ、確か亜人族の里や集落には、ギルドはなかったはずです。中でも閉鎖的で有名なエルフ族。外には頼らず、もし集落が壊滅しても、それは運命として自然の流れには逆らわない。仕方ないと割り切っている、後ろ向き全力疾走な種族です」

毒舌が凄いな……。

パラパラと本を開くと、エルフ族について詳しく書かれているページを開いた。

だが……詳しくと言っても、どこに住んでるとかは書かれてないな。

「集落の場所とかは分からないのか？」

「ええ……彼らの集落は、痕跡も何も残さず、目にも見えない……言うなれば、【虚ろう者】の上位互換的な組織なので、場所の特定が出来ないんです」

なるほど……それで、閉鎖的で外部との関わりがないのか。

だが、エルフ族のその後ろ向き全力疾走の性格には、入り込む余地はありそうだ。見つけるのは至難だが、もしそこにギルドの出入り口を繋げられたら、エルフ族からの依頼も独占出来るだろう。

頭の中で画策していると、リエンが困ったようにため息をついた。

「ジオウさん。もう一度言いますが、エルフ族はそこにいたという痕跡を残さないんです。もし死体が、いえ、耳の一つでもあれば、金貨数一〇万枚で買い取る貴族もいるくらいです。酷い場合は、家財の全てをなげうってでも欲しがる人もいます。……この意味、分かりますか？」

「え？　……珍しい？」

「頭に超が一〇個付くくらい、伝説級に珍しい種族ってことです」

そんなにか⁉

愕然としていると、レアナが「あれ？」っと声を上げた。

「でもリエン、エルフのアンデッド従えてなかった？」

「はい、いますよ。まあ手に入れるために、冒険者時代のお金は全部なげうちましたが……」

失った金額を思い出したのか、遠い目をしている。

そう。俺は、エルフに対してそこまで珍しさを覚えていなかった。理由としては、昔からリエンのアンデッド軍にいたから。そんなに珍しいもんだとは思わなかったぞ……。

……それにしても、だからリエンはあんなボロ小屋に住んでたのか……昔から知ってる仲とは言え、死体一つにどんだけ本気なんだ、こいつ……。

「……なら、それを売ってた業者に聞けば、どこで手に入れたか分かるんじゃないか？」

「当時私も、どこで手に入れたか聞きました。ですが、その業者も偶然流れてきたものを持っていただけで、詳しい出処《でどころ》は分からないそうです」

エルフのアンデッドはいるのに、それより先の情報はない、か……。

「……とりあえず、エルフをここに呼んでくれ。他にもヒントがあるかもしれない」

「分かりました」

リエンがエルフを執務室に呼ぶ。

暫くして現れたのは、黄緑色を基調としたワンピースを着て、金属で作られた弓矢を背負っているエルフだった。

肌の色は白く、目の色は翠色《みどり》。髪の毛は綺麗な金髪。

そしてやっぱり特徴的なのは、長く伸びた耳と、同じ人型だとは思えない綺麗すぎる容姿だろう。

「彼女がエルフ族のセラちゃんです。弓矢を武器に風魔法と掛け合わせて超遠距離攻撃を可能にする、私のアンデッドの中でも唯一無二の存在です」

「エルフ族は風魔法が得意なのか？」

「そうですね。得意なのは癒やしを与える水、豊穣《ほうじょう》を与える風、安心を与える光です」

ほーん。水、風、光かぁ。……それって……。

「それって、何だかジオウみたいね」

と、俺が思ったことと同じことをレアナが言った。

「思ったが、俺は純人間産の純正人族だ。偶然だろ」

「分かってるわよ。あんたを鑑定しても、種族は人間としか出なかったもの」

そんな偶然ってあるんだな……って、それは置いといて。

「じゃあ、セラも俺と同じ魔法を使えるのか……」

セラの体を、頭の先から足先まで観察する。

……特に変わった様子はない。耳が長いこと以外は、人間と変わりないぞ。

「ジオウ、あんたジロジロ見すぎ！」

「私の大切なセラちゃんを欲望の眼差《まなざ》しで見ないでくださいっ」

「いや俺死体に欲情する特殊性癖とか持ってないからな⁉」

死体を視姦《しかん》する趣味も屍姦《しかん》する趣味も持ち合わせてないから！

いくら生きてるように動いてても、リエンの動かしてる死体には変わりない。それに欲情するとか、人間終わってるにも程があるだろっ。

「俺のことより、レアナは分かったことないか？　ちょっとしたことでもいい」

「……そうね……」

レアナの眼が妖しく光る。多分、《鑑定眼》を使ってセラの情報を読み取っているのだ。

レアナの鑑定が終わるまで、少しの時間を置いた。だが……。

「……ダメね。死体なら死んだ時の状況や情報を読み取れるはずなんだけど……」

「読み取れない、と？」

「ええ。恐らく死んだのが相当昔で、私の眼の力の範囲を超えてるからだと思う」

……レアナの眼でも読み取れないとなると、いよいよローラー作戦しかないな。

「レアナ。すまないが、冒険者ギルドと貴族、ミヤビ大商会の依頼を受けながら、エルフについての情報を集めてくれ。護衛はいつも通り、エタを付けろよ」

「分かったわ」

「リエンは、この一週間で集めてきた資料の洗い出しだ。もしかしたら、エルフについての情報があるかもしれない」

「承知しました」

　レアナとリエンが執務室を後にするのを見送り、俺はこの後どうするかを考えた。

　ぶっちゃけ策なし。なし寄りのなし。レアナほどの人脈もなければ、リエンのような人海戦術も使えない。でも、ここで待ち続けるのも性に合わない。

……思えば、【白虎】を抜けてからの俺って、一人で何かをしたことってなかったな……直ぐにレアナと出会ったし、リエンも仲間に出来た。……運が良かっただけなのかもなぁ……。

……よし、ここで俺も何か行動してみよう。善は急げだ！

　そうだな……とりあえず闇事情に詳しい情報屋の所に行ってみるか。

◆◆◆

「つー訳で、エルフについて知ってること洗いざらい吐け」

「久々に顔を見せたと思ったら、何だいそれ？」

　レーゼン王国裏路地。そこを曲がりくねった先にいる、闇の情報屋シュラーケン。こいつと俺は、もう四年の付き合いになる。

　四年前に闇ギルドを潰す時、闇ギルドの場所や人数を全て教えてくれたのがこいつだ。

　それから、たまに闇系の仕事を受ける時は頼りにしている。

「エルフに用がある」

「相変わらず藪《やぶ》からスティックな旦那だ。少しはゆっくりしていきな」

シュラーケンは禿げ上がった頭をタオルで拭く。

薄暗い店の中、きらりと光る見事な禿げ頭。日頃の手入れの賜物《たまもの》なのかもな。

「エルフか……オイラもこの道五〇年だが、生きたエルフは見たことねぇ」

「情報はないのか？」

聞くと、右手を出してきた。

「ほぅ、生命線が長いな。まだくたばりそうになくて安心した」

「ちげーよ。チップ出せチップ。オイラは情報屋。質問するからには金を払え」

チッ、相変わらずのジジイだ。

チップに金貨一枚を出すと、にやぁっと口を歪めた。いや気持ち悪っ。

「エルフの情報だったな。あるにはあるが、文献も古いし正規のものじゃない」

キセルを吹かし、猛禽《もうきん》類のような目でギロリと睨む。

「理由は聞かん。だがエルフを追うのは止めておけ」

「何でだ？」

「んっ」

またか……。金貨を二枚渡す。

「エルフを追った奴らは、今まで何百、何千と見てきた。だが、探してから一ヶ月も経たず、全員が死んだ。一人も生存者はいない。闇の世界じゃ、エルフはもはや禁忌《きんき》とさえ言われている」

「……数年前、エルフの死体を売ってた商人がいた。そいつは今どうなってる？」

金貨を渡しながら聞くと、腕を組んで深く頷いた。

「知っている。商人のラゼルは死体を専門に取り扱っていて、ネクロマンサーに高く売り付けていた。最後に会った時、ネクロマンサーの姉ちゃんに売ってやったと自慢していたぞ。結果、三日と経たず森の中で襲われて死亡した」

……そのネクロマンサー、十中八九リエンのことだな。商人のラゼルか……そっち方面でも、探してみよう。

「……さっき言ってた文献、売ってくれないか？」

「たけーぞ」

「金は払う」

こういう情報屋相手には金が全てだ。シュラーケンは超一流の情報屋だが、払える金がないと取り合ってくれない。だからって力でどうかしようとするなら、こいつの裏にいる闇の組織に末代まで命を狙われる。

それにこいつの情報は信用出来る。闇の組織にとって、情報は有益だ。だからシュラーケンは信用出来来、家族のような存在として扱われている。

「ふぅ……待ってな」

シュラーケンが指をクイッと動かすと、背後にあった本棚の中から一冊の本が飛んできた。

「エルフのことはオイラにも分からねぇ。だが、大昔に闇オークションでエルフが売られたことがある。こいつはその時のカタログ。持ってけ」

「……随分古いな。何年前だ？」

「三〇〇年前らしい」

「いや古すぎだろ⁉」

三〇〇年前の情報なんていらなすぎる！

「はぁ……まあ、情報があるだけましか……貰ってく。邪魔したな」

「おい」

「あ？」

「金貨二〇〇枚」

「高すぎ⁉　一〇〇！」

「二〇〇。嫌なら返せ」

こい、つ……！　銅貨一枚たりとも下げないつもりだな……⁉

「……はぁ……ほらよ」

「ひひひっ、毎度」

ったく、金の亡者かこいつは。

「ああそうだ。旦那にいいこと教えてやるよ」

シュラーケンは金貨を一枚一枚、テーブルの上に積み重ねながら、俺に流し目を送る。

「人は裏切る。権力は人を変える。だが、金だけは信じられる。覚えておきな」

「……肝に銘じておく」

「旦那には金づるとして生きていてもらわなきゃならねぇ。精々用心するんだな」

シュラーケンの言葉を頭の片隅に置き、俺は裏路地を後にした。

◆◆◆

シュラーケンの店を後にした俺は、腰を落ち着けるために馴染みの喫茶店を訪ねた。

マスターは寡黙《かもく》で気難しそうだが、店の雰囲気をぶち壊さない限りは、何をやっていても問題はない。だがそれもマスターの気分次第で、大抵の客は本を読むか小声でお喋りしてるだけだ。

今の時間は、俺以外に客は二人しかいない。一人は窓際で本を読んでいるが、もう一人はカウンターでマスターとにこやかに話している。ここなら、この本を広げても問題なさそうだ。

「マスター、コーヒーとシフォンケーキを」

「かしこまりました」

注文をし、カウンターの端っこに腰を掛ける。

シュラーケンから買い取った本。文庫本より二回りくらい大きいハードカバーだ。

背表紙に書かれている表題は『カタログ』。開いてみても、日常品が書かれているカタログだ。

だけどこういうのには、仕掛けが付き物なんだよなぁ。

指先に魔力を集め、本の背表紙を撫でる。

すると、表題の文字が『カタログ』から『闇オークションカタログ』に変わった。

この仕掛けは、闇社会の事情に精通してないと知らないものだ。俺とリエンは依頼でちょっとだけ闇には詳しいが、レアナには出来ない捜索方法だな。

因みにここのマスターは、シュラーケン程ではないが闇社会に顔が利く。こういう喫茶店を経営してるからか、自然と情報が集まってくるらしい。

俺の方をチラッと見るが、直ぐに顔を背けた。どうやら許可が出たみたいだ。

さてさて、中身拝見っと。

闇オークションに出品されるのは、物や人間、亜人など様々だ。

特に亜人、それも頑丈な獣人は高く売れる。

若い雄の獣人は力仕事専門に。

若い雌の獣人は、口にするのもはばかられるほどのアブノーマルプレイを強要されている。

以前、悪徳貴族の家に突入した時は、奴隷として囲われていた女獣人の惨状を目の当たりにして、胃の中の物を吐き出してもまだ止まらないくらいの嫌悪感を覚えた。今でもハッキリ思い出せる。

奴隷なんて、この世にあってはならないものだ。

国としても取り締まりを強化しているらしいが、それでも闇オークションで奴隷を売り買いしているのが現状だ。闇オークションも中々押さえられないし、国も手を焼いている。

……っと、昔のことを思い出してムカムカしてしまった。ここは雰囲気のある喫茶店。雰囲気は大事にしないとな。

外面だけ取り繕って、ペラペラと一ページ目から捲《めく》る。

闇オークションに出品されるものは、かなりの確率で曰く付きだ。ごく稀にアダマント鉱石などの超希少物質や、勇者や英雄の装備なんかも出品されるらしい。

品数が一〇〇もあれば、三つ四つは超希少なものだ。これでも世間から見れば十分に多いと言える。

曰く付き、曰く付き、曰く付き、曰く付き、これも曰く付き……ざっと見るが、どうやら三〇〇年前の闇オークションは外れだったみたいだ。全部が全部曰く付き。しかも不幸を与える系が多い。

ペラ、ペラ、ペラ、ペラ。

お？　これは割と有名な靴だな。

フェザーファルコンのブーツ。履いた者の体重を半分にし、スピードを倍にする装備だ。

六〇〇年前にフェザーファルコンが絶滅し、更に戦争でブーツが焼失したことから、今では超希少アイテムに認定されている。

つっても、三〇〇年前の物だから、今はもうこれもなくなってるか……だけど、もし現存してる物があるなら欲しいな。

さらに読み進める。

半分くらい流し読みしたところで、ようやく闇オークションの目玉、奴隷用のページに来た。

人間、人間、人間、獣人、ドワーフ、獣人、人間、獣人……こうして見ると、人間の割合が圧倒的に高いな。

しかも全員局部を隠しただけの際どい姿の写真が撮られている。……これ、見てて大丈夫か？　知らない奴が見たら絶対勘違いされるやつだろこれ。

い、いかんいかん。気をしっかり持て俺。俺は今、エルフの調査で読んでるだけだ。決して疚《やま》しい気持ちはない。

あ、乳でか。

ってそうじゃねーよ！　空気読め俺の欲望《性欲》！

ペラ。

あ、ケツでか。

だ、か、らっ、ちげーんだよエロフ……じゃなくてエルフ！　エルフを探してんだ俺は！

急ぎ気味にページを捲っていく。

そして最後のページ。いた。

……これが、三〇〇年前に売られたエルフか……。

色は白黒だからハッキリとは言えないが、多分セラとは別人な気がする。セラは柔らかな雰囲気の美人だが、こっちは少し暴力的な美人だ。

名前は……書いていない。写真の上に、小さく『No．100823』と書かれていてるだけだ。年齢も分からない。

長寿のエルフにとって、三〇〇年ってのは一体どれくらい長いんだろうな……もしかしたら、まだ生きてるかもしれない……。

……ん？　何だ？　右腕に何か小さい痣《あざ》があるな……いや、痣じゃない。これは……刺青《いれずみ》、か？

奴隷の証って訳じゃなさそうだが……。

目を凝らしてジーッと見ていると、マスターがコーヒーとシフォンケーキを運んできた。

「お待たせ致しました。……随分、熱心に読んでいますね」

「まあ。ちょっと探し物をね」

「よろしければ、私に手伝えることがあるなら手伝いましょうか？」

「え？」

顔を上げると、マスターがニコッと笑いかけた。

それから周囲を見渡せば、さっきまでいた二人の客はいない。どうやら帰ったらしいな。

……まあ、情報は色んな所から集めた方がいいか。

「……マスターは、貴族の奴隷関係について詳しいか？」

「奴隷、ですかな？　まさか買うおつもりで？」

「買わない買わない。ただ、人を探してるんだ」

マスターにエルフのページを見せると、顎髭《あごひげ》を撫でて思案する。

「三〇〇年前のカタログだから今生きてるか分からない。だがエルフの寿命なら、或《ある》いはと思って」

「……残念ながら、直近でエルフの噂は入ってきていませんね。申し訳ございません」

「いや、大丈夫だ」

となると、あとはレアナを通じて貴族直々《じきじき》に話を聞いてみるか。

一度レアナの所に行こうかと考えていると、マスターが「ですが、」と続けた。

「直近ではありませんが、二〇年前にエルフを買ったと話す貴族のお客様がおりました」

「っ、そいつはどこのどいつだ!?」

二〇年。大分絞り込めてきたぞ……！

だがマスターは、首を横に振ってカタログを返してきた。

「残念ながら、その家は既にありません。お話を聞いた日から二週間後、汚職がばれて家はお取り潰し。家族揃って田舎に逃げる道中で、山賊に皆殺しにされてしまったようです」

「……そう、か……」

シュラーケンも確かに、エルフを追ったら一ヶ月以内に死ぬって言ってたな……。

肩を落とすと、マスターが一枚のメモ紙を渡してくれた。

「お役に立つかは分かりませんが、その貴族……アクロッヴァイ家の屋敷があった番地です」

「……あ、ありがとうマスター！」

よし、なら次の目的地は決まったな！

俺はコーヒーとシフォンケーキを一気に食べきり、お代とチップを多めに渡すと、喫茶店を飛び出した。

◆◆◆

マスターに貰ったメモを元に、没落した貴族の屋敷があった場所へ向かう。

場所としては、レーゼン王国の西地区。それも住宅地ではなく、かなり賑《にぎ》わっている商店街だ。

「……懐かしいな……」

西地区は俺が住んでいた場所で、ここも住んでた頃にはよくお世話になった。あまりいい顔はされなかったけど。

「えっと……ここを曲がった所か」

八百屋の角を右に曲がる。け、ど……。

「……あれ？　……ギルド？」

突き当たりにあったのは、俺が世話になっていた冒険者ギルド西支部だった。

……よく見ると、この道見覚えがあるどころじゃない。冒険者ギルドに所属してた時に、いつも通ってた道だ。

え、あれ？　道間違えた？　メモを何度も読み直し、街のプレートに書かれている番号と見比べる。……間違いない。ここの番地だ。

……そういや、ギルドの番地って知らないな……。

とりあえず確認してみよう。

フードを深く被り、八百屋のおっちゃんに話しかける。

「らっしゃい！　何にするよ！」

「じゃあリンゴを一つくれ。……なあ、この番地、あのギルドで間違いないか？」

「お？　どれどれ……ああ、間違いねーよ。何だい兄さん。あそこに入るつもりかい？　止めとけ止めとけ。あそこ、ここ最近失敗続きで誰も依頼を出してねーんだ」

失敗続き？　……ああ、俺がいなくなったからか。

てことは、ミミさん俺を問題なく解雇してくれたんだな。あれから気にしたことなかったが、そんなことになってたのか……。

……何となく、居心地が悪い。金払ってさっさと離れよう。

「すまん、今金貨しか持ち合わせてないんだ。釣りはいらん」

「あっ、ちょっと兄さん!?」

金貨を投げ渡して、足早に八百屋とギルドから離れる。

没落貴族の屋敷が冒険者ギルドになってたのは驚きだ。ギルドも、もっと前からあると思ってたんだが……。

　ギルマスに聞ければいいが、このタイミングで会うと、何となく面倒な予感がする。

　……仕方ない。この付近に、没落貴族がいたことを知ってる人を探すか。住宅地の方にも、当時のことを知ってる人がいるかも――。

　グイッ。

「っと……ん？」

　肩を引かれて振り向いた俺の前に、頭のてっぺんから足先まで布でぐるぐる巻きになった人間が立っていた。男か女かさえもわからない。

　えっ、誰？　怖っ。

　突然の布巻き人間に驚愕していると、布巻き人間はキョロキョロと周りを見渡す。いや、あんたが一番怪しいんだけど……。

「……こっち、来てください」

「あっ、ちょっ⁉」

　無理やり引っ張らないで⁉

　店と店の間の狭い通りを足早に、と言うか走るように連れていかれる。

　三つ、四つめの大通りを横断したところで、ようやくスピードが緩まった。

「ま、待ってくれっ！　一体何なんだよ⁉」

　とにかく手を振りほどく。異様にパワーが強かったな……何者だ？

　警戒して見ていると、布巻き人間がゆっくりと振り返った。

……あれ？　この布に巻かれてても主張するデカパイ、どこかで……。

「……ジオウさん、ですよね？」

「な、何で俺の名前を……？」

布巻き人間が、頭から被っていた布を取る。と……。

「あ、れ……？　ミミさん？」

冒険者ギルド西支部。そこの名物（デカパイ的に）受付嬢、ミミさんのやつれた顔が現れた。

◆◆◆

「……お久しぶりですね」

「ああ。あれから全くのご無沙汰《ぶさた》だったからな」

俺は今、ミミさんの借りているアパートのリビングでお茶をご馳走《ちそう》になっていた。

……思いのほか、殺風景な部屋だ。ミミさんのことだから、もっと可愛い小物とか置いてるものと思ってたんだけど……。まあいい。

「フード被ってたのに、よく俺だと気付いたな」

「ええ、まあ。何となく、ジオウさんと同じ気配がするなーと思ったんです。……顔付きは大分、前とは変わってますが」

え、そうか？　そんなに変わってるようには思えないが……俺の方も色々あったから、そのせいかもな。

顔をぺたぺたと触っていると、やつれ顔のミミさんが、ほんの少しだけ朗らかに笑った。

「ふふ。やっぱり、中身は変わってないですね。素直と言うか、純粋と言うか」

「これでも一丁前に男として不純を自覚してるけどな」

「そうじゃなくて、心が綺麗なんです」

……心が綺麗、か……。

俺が【白虎】のメンバーにしたことを思うと、素直に受け入れられなかった。

「……そんなこともない……」

「……そうです、か。すみません、変なこと言って」

「……いや、大丈夫だ」

モヤモヤする雰囲気を一旦断ち切るように、出されたお茶を飲む。

「はぁ……あ、そうだ。冒険者ギルドのことなんだけど……」

「っ……聞きました？」

「ああ。失敗続きだって聞いた」

原因は勿論俺だ。それは分かってる。だけどそのことを話す必要はないし、話すつもりもない。

「……ジオウさんがギルドを抜けてから、魔物が異様に強くなったと報告を受けました。そのせいで冒険者の皆様が依頼を失敗し続けてしまい、【白虎】の皆さんですら……。よって、魔物が強くなっていることを冒険者ギルド本部へと報告をしました」

ミミさんもお茶を飲み、少しずつ話し出した。

「最初は本部も取り合ってくれました。偵察、魔物の強さの再測定、他支部からの応援。ですが本部が出した結論は変化なし。何も変わっていなかったんです。いえ、変わったのは私達のギルド……原因は今も不明ですが、私達のギルド全体の強さが下がっている。本部はそう結論を出しました」

…………。

「そのせいで私達への依頼数は減り、冒険者も引退や他支部への引き抜き……今残っているのは、西支部に愛着のある人達だけなんです。【白虎】の皆さんも最近は全く顔を出しません」

現状を話し、ミミさんはうっすらと涙を浮かべた。

「ご、ごめんなさい。こんな暗い話……それに【白虎】なんて名前まで出して」

「大丈夫だ、問題ない」

……びっくりした、な。

今のギルドの状況が、じゃない。

今の話を聞いて、俺の心にまるっきり響かなかった。そこにびっくりした。

おかしい。ちょっと前までは、こういう話を聞くと同情とか、罪悪感を感じてたんだが……。

俺の心、どうしちまったんだ？

……だけど、今の話を聞いて腑に落ちたことがある。部屋が異様にさっぱりしている理由。それは、依頼数が少なくなってるからだ。

依頼数の低下は、そのままギルド職員の収入の低下に繋がる。食うや食わずのその日暮らしのような状況なんだろう。だから、部屋の中が違和感があるほどさっぱりしてるんだ。服も、ミミさんらしい可愛らしいものじゃなく、質素と言うか……少しぼろっちい感じだ。

自分でも驚くほどの冷静さで推理してると、ミミさんが「と、ところで」と話題を変えた。

「ジオウさんは今何をしているんですか？　見たところ、冒険者ではなさそうですが……」

「ああ。まあちょっとした組織を立ち上げたんだ」

「へぇ、いいですね。もし今のギルドを首になったら、ジオウさんの所にお世話になろうかなー」

と冗談っぽく言うが……なるほど、受付か。そういや受付のこととか一切考えてなかったな。

もし今後、外部から依頼を受けるとなった時に、そこの仲介役が必要だ。その点ミミさんは、受付のプロと言ってもいい。任せるにはこれ以上の人材もいないだろう。

「……検討しておく」

「えっ……冗談のつもりだったんですが……」

「俺は本気だ。今はまだ無理だが」

外部、つまり、亜人族と繋がりを持たなきゃならない。俺もレアナもリエンも、今はそっちに手一杯でミミさんには構ってられないんだ。

お茶を飲み干すと、席を立った。

「ごちそうさん。久々に話せて良かった」

「は、はい。私もです」

ミミさんに背を向け、アパートを出ようとすると……ふと心がある方向に傾いた。いわゆる気まぐれというやつだ。

「そうだ。今の格好でも素敵だが、次会う時はもうちょっとましな服で出迎えてくれると嬉しい」

布の袋をミミさんの前に投げ渡すと、傾いて金貨が零《こぼ》れ落ちた。

「えっ!?　き、金貨……!?」

「多分五〇枚くらいある。これで暫くは持つだろう。返さなくていいぞ。じゃ」

「ま、待っ――」

アパートを出ると、直ぐに建物の上に跳び上がり、屋根伝いに冒険者ギルドへ向かった。

ミミさんとあんな約束したんだ。時間なんて掛けてられないよな。

◆◆◆

ギルドの前まで戻ってきた俺は、ローブを脱いでギルド内に入っていった。

「……い、いらっしゃいませっ！　依頼でしょうか⁉」

突然の来客に、ボケーッとした顔をしていた受付がシャキッとした。見たことのない受付だ。この寂れ具合だし、抜けたスタッフの補充として急遽《きゅうきょ》採用した新人なのかもしれない。誰も見てなかったらダラける気持ち、分かるぞ。

「依頼じゃないが、ギルドマスターに用がある。ジオウが来たと伝えてくれ」

「ギルドマスターですか？　少々お待ちください」

受付がいそいそと奥の扉に消える。

すると、数分もしないうちに戻ってきた。

「許可を頂きました。こちらへどうぞ」

受付の案内で奥に進む。ここに来るのも久々だ。【白虎】設立時から、よくここに来ていたな。

木造の年季の入った建物。建物っていうのは築二〇年程度でこんなに薄汚れるものなのだろうか……？

……いや、よく考えてみると、ギルド内はどこでも喫煙も飲酒も可能だったな。恐らく、それでこんな汚《き》ったないんだろう。……そうでなきゃ、暴落したという今のギルドの評判が、俺にそんな印象を持たせているのか……？

廊下を曲がりくねり、一番奥の突き当たりの部屋。そこが西支部のギルドマスターの執務室だ。

「マスター。ジオウさんをお連れしました」

「おう、入ってくれ」

声が掛けられ、中に入る。と……うわ、案の定荒《すさ》んでるな……。

空いた酒瓶。山のように積まれたタバコの吸殻《すいがら》。散乱した資料。壊れた本棚。絵に描いたような荒れっぷりだ。

「久しぶりだってぇのに悪《わり》ぃな。見ての通り、今ぁこんな感じだ」

「いや、気にしない」

ギルマスはせめて換気しようと思ったのか、後ろの窓を開ける。ほんの少しだけ換気され、異臭が少しは収まった。

……前は威風《いふう》堂々とした、畏怖《いふ》の象徴だったギルマスが、今では無精髭を生やした飲んだくれ、か。

「そんで、お前さんは俺に一体何の用だ？」

ギルマスは酒を飲むのを止めない。そうしないとやってられないとでも言いたげだ。

「……俺が知りたいのは、ここにギルドが設立される以前のことについてだ」

そう言うと、ギルマスはぴくりと眉を釣り上げた。

「……誰から聞いたか知らんが、何故知りたい」

……その口ぶり、やっぱり何かあるな。

ギルマスの年齢は確か五三だったはずだ。当時にして三三。十分、アクロッツヴァイ家の事件に関与してる可能性は高い。

「俺が知りたいのは、没落貴族アクロッツヴァイ家が所有していた、エルフについてだ。恐らく、顔はこんな感じだと思う」

闇オークションカタログの、エルフの顔だけ切り取った写真を見せる。

「こいつは……!?」

っ、その反応……やっぱりギルマスも噛んでたか……！

「そいつは今どこにいる？」

「…………」

ギルマスは、口にしていいものかと悩んだ末、諦めたような顔でため息をついた。

「……当時、アクロッツヴァイ家の汚職を暴いた俺達は、資産差し押さえのためにアクロッツヴァイ家に乗り込んだ。俺はその時のリーダーで、当時の功績が認められてこの西支部を任されることになったんだ」

昔のことを思い出しながら、ぽつりぽつりと続ける。

「アクロッツヴァイ家の資産は全て差し押さえられた。その時、確保した奴隷も一〇や二〇じゃない。その中にいたのがエルフ族のセツナだった。顔もよく覚えてる。それほど、衝撃的な美しさだった」

セツナ……それが名前か。

「俺達も生きたエルフは初めて見た。ほぼ伝説上の亜人族だからな。まるで財宝を見つけたような気分だった」

……エルフ族は、高値で売れる。それを知っていれば、そう思うのも無理はないだろう。

「だが俺達もプロだ。冒険者は荒くれ者の集団だというイメージだが、やっていいことといけないことの線引きは出来てる。……そう思っていた」

いた？

ギルマスは残りの酒を一気に呷ると、酒瓶を壁に向かって投げつけて粉々にした。

その顔に浮かんでいたのは、苛立ちと怒りだった。

「あの野郎……当時俺の部下だった男が、そのやってはいけない線引きを越えやがった！」

「……まさか？」

「ああそのまさかだ！　あのクソニヤケ野郎、エルフを他の奴に売っぱらったんだよ！　しかも相場の十倍でな！」

何、だと……？　売った？　冒険者が、保護した奴隷を売った、だと？

汚職や犯罪がバレて資産を押さえられた場合、その財産は全て王族が所有権を得る。つまり差し押さえた時点で、金目の物や奴隷は一度国に接収された形になる。

その中でも奴隷は、今までの苦労への哀れみからか、かなり優遇された対応をされる。そのまま王城に仕えてもいいし、故郷に帰ってもいい。

差し押さえられた資産を売り払う。それはつまり、王族の所有物を勝手に売ったのと同義だ。

常識では考えられないことに愕然としていると、ギルマスも少しは落ち着いたのか、二本目の酒瓶を手に取る。

「王族の所有物を勝手に売った結果、そいつの死刑が決まった。死刑執行前に拷問し、購入者の身元を吐かせようとしたが……何故かは分からんが、《ウィンドカッター》で自分の首を斬り落とし、自殺した」

……自殺だと……？　死刑執行前に……？

どう考えてもありえない行動に疑問を抱いていると、ギルマスが続けた。

「ここで、また疑問が出てきた。そのクソニヤケ野郎、風魔法なんて使えなかったはずなんだ」

「……え、使えなかった？」

「ああ。風魔法を使えないのに、《ウィンドカッター》を使う。おかしな話だろ？」

確かにおかしい。魔法を使うには、その属性を自分が保有していることが必要不可欠だ。それを無視して魔法を使うなんて、ありえない。

……風魔法の《ウィンドカッター》か……あの時の騎士崩れも、それで自殺してたな。

……何だか嫌な予感がする。

「……ということは、これ以上エルフの足取りは掴めない、か……」

「……足取りは分からないが、クソニヤケ野郎が『二〇年』と口走っていた。あと二ヶ月で、あいつの言っていた二〇年になる。俺の知ってる情報は、これくらいだ」

……最後の言葉が『二〇年』ってのがよく分からないが……一応覚えておくか。

「分かった、邪魔したな」

「依頼ならいつでも待ってるぜ、ジオウ」

ギルマスとの会話を切り上げ、俺はレアナの寝泊まりしているアパートへと向かった。

アパートに向かいながら、今までの話と騎士崩れについて考えてみた。

レアナを狙った騎士崩れが、俺に捕まりそうになると同時に、《ウィンドカッター》で自分の首を斬った。

二〇年前。エルフを売った冒険者も、拷問時に《ウィンドカッター》で自分の首を斬った。だけど騎士崩れはともかく、こっちは風魔法を使えなかった……。

共通点はある。

背後には、あのクロとかいう男がいると思う。まだハッキリとした確証はないけど……。

レアナのいるアパートに着くと、チャイムを鳴らした。

中からパタパタとリズミカルな足音が聞こえてくる。

「ジオウ、おかえりなさい」

「ああ、ただい、まっ!?」

れ、レアナ、その格好……。

扉を開けた先には、レアナが部屋着に黄色のエプロンという格好で出迎えてくれた。手にはお玉を持っていて、髪の毛はいつものツーサイドアップではなく緩い三つ編みにしている。

何つーかその……人妻感が凄い。と言うか、体のぺったんこ加減が、人妻と言うより幼な妻感を漂わせている。何だろう、このくすぐったい気持ち……。

「…………」

「……ちょっと、何変な顔してるのよ」

「……えっ、あ、いや……その格好……」

「これ？」

くるっと一回り。ふわっと翻るミニスカートが目の毒です。

「私、部屋だとこんな感じよ？　いつも二人の前にいる時は、仕事用の冒険者スタイルばかりだけど、私だって女の子だもの。オシャレくらいしたいわ」

そう言えば、確かに冒険者として行動する時は、似たような服しか見たことない。何と言うか、新鮮だな。

「それより、今夕飯作ってたの。勿論食べていくでしょ？　と言うか食べていきなさい。ジオウのために作ったんだから」

「えっ」

な、何かそう言われると、物凄い小っ恥《ぱ》ずかしい感じがするな……。

「……食べないの？」

っ……その寂しそうな顔、反則だ……。

「……頂くよ」

「良かった！　じゃあ手を洗ってきなさい。うがいもしっかりね！」

またパタパタと音を立てて部屋の中へ戻っていく。

……今までレアナのことをパワー馬鹿とか、子供っぽいとか思ってたが……家庭的な新しい一面を見たみたいで、ちょっとドキドキする……。

い、いかんいかん。レアナは大切な仲間だ。うん、仲間だ仲間。

手洗いうがいをしっかりしてリビングに行くと、美味そうな匂いが鼻をくすぐった。

「あ、ジオウさん。おかえりなさい」

「ん？　リエンもいたのか。ただいま」

リエンが鍋を持って、にこやかに出迎えてくれた。エプロンは、レアナが着けている物の色違い、ピンク色だった。

「レアナちゃんにお料理を教えてもらってたんです。凄いんですよ、レアナちゃん。びっくりするくらい手際がいいんです」

「そ、そんなんでもないわよ……」

ゆるふわ三つ編みをモフモフとするレアナ。ああ、この照れてる感じ、久々な気がする。

「ジオウは座ってなさい。もう少しで出来るから」

「あ、ああ。じゃあお言葉に甘えて」

席に座って、キッチンでキャッキャウフフと料理をする二人を見守る。……こうして見ると、姉妹と言うか母娘と言うか……幸せな気持ちになるな……。

待っていると、エタが次々に料理を運んできた。

メインは分厚いステーキ。それにトマトスープ、グラタン、シーザーサラダ、こんがり焼けたバゲット、チーズが並べられる。

最後に、エタが赤ワインをグラスに注《そそ》ぎ入れた。

ぐぅ～。あ、やべっ、腹鳴った。

「ふふ。せっかちさんもいることだし、頂きましょう」

円卓の俺の右前にレアナ、左前にリエンが座り、手を合わせる。言葉は必要ない。心の中で、心からの感謝の気持ちを述べる。

……よし。まずはトマトスープから。ぱくっ。

「……～～～っ！　うっめぇ！」

「ほっ……良かった」

「人に美味しいと言ってもらえるのは、嬉しいものですね」

レアナとリエンが軽くハイタッチをする。

次にグラタン。ステーキ。ワインを口に入れていく。

いやでも、全部とんでもなく美味いぞ。と言うか、俺の味覚にどストレートだ。

「あ、そのトマトスープ、私が作ったんですよ」

「えっ、マジで？　すっげぇな」

教えてもらってここまで作れるんだったら、マジで覚えたらもっと上手くなるんじゃないか？

「グラタンは私の自信作！　どう？」

「絶品」

「端的！」

いや、それ以外の言葉が見つからなかったんだが……もっと褒めた方がいいか？

「んー。二人の旦那さんになる奴は毎日こんな料理を食えると思うと、少し嫉妬すら覚えるくらい美味い」

うん、今のは自分でもこれ以上ない言葉な気がする。美味し美味し。

「……ん？　二人共顔が赤いぞ。大丈夫か？」

「んぇっ⁉　そそそそんなことないわよ⁉」

「そ、そうですっ！　グラタンが熱くてはふはふしてるだけです！」

「お、おう……」

二人がそう言うなら、そうなんだろう。そっとしておこう……。

◆◆◆

「ふう、食った食った！」

心が満たされる美味さだったなぁ。

食事が終わり、最後に紅茶でケーキを食べながら、今日の成果を出し合うことになった。

「まずはリエン。資料の中にエルフの情報はなかったか？」

「僅かですがありましたよ。こちらをどうぞ」

リエンは資料からいくつか抜粋したのか、一枚の紙に纏めた物を差し出してきた。

数にしたら四つ。

一つ目。最近になり、冒険者によるエルフ族の目撃情報が増えていること。ただし、移動速度が速すぎて捕まえるのは疎《おろ》か、視認するのも難しいらしい。何かを探しているようにも見えた、という情報だ。

二つ目。二〇年前、エルフを買ったと言いふらしていた貴族がいたこと。これは俺の情報と被ってるな。

三つ目。エルフ族が祀《まつ》っていると言われている、神聖な樹木があること。

四つ目。エルフ族の好きな食べ物は野草シチューであること。これはかなり眉唾《まゆつば》物らしいが。

「一つ目からですね。閉鎖的で隠れてばかりのエルフ族が、最近人里近くまで下りてきているらしいです。まるで、何かを探しているような素振りを見せて」

「探してる、ね……どんなものを探してるかは、流石に分からないのよね？」

「はい。ですが、推測は出来ます」

リエンは一つ目と三つ目に丸を付けた。

「恐らくエルフは、この神聖な樹木に関係する物を探しているのだと思います。樹木に供える物なのか、与える物なのかは分かりません」

なるほどな……情報としては怪しいが、いくつも目撃情報が出てるのは見過ごせない。これは調査する必要がありそうだ。

「二つ目は二〇年前の情報で、今どうなっているかは分かりません」

「あ、それに関しては俺の方で情報を集められた。後で話す」

「分かりました。それでは最後、四つ目は……」

リエンとレアナが揃って微妙な笑顔を浮かべる。……何だよ？

すると、レアナが席を立って一つの皿を持ってきた。その中に入ってるのは……シチュー、か？

「実は、野草シチューを作ってみたのよ。リエンの見つけたレシピを元に」

「……え、これが？」

何か全体的にどす黒い色をしてるんだけど……緑と紫とほんのちょっとのピンクを混ぜたような、何とも言えない色だ。ぶっちゃけ不味《まず》そう。

「まあまあ、食べてご覧なさい」

「……頂こう」

パク。

「ぶぼーーーーーっ！　まっず!?　えっ、痛い痛い痛い口の中痛い!?」

「そうなるわよねぇ……」

「予想通りの反応ですね」

いや冷静に見てんなよ!?　誰か水！　水ーーーーーーー！

「はい、お水よ」

レアナからコップに入った水を受け取り、飲み干す。

「ぷはっ。死ぬかと思った……」

「あはは、ごめんごめん」

口の中で氷をコロコロと転がす。うひっ、まだ痛い。

「とにかく、この野草シチューは激マズなんです。これがエルフ族の好物とは、とても思えません」

確かに……これは筆舌に尽くし難い不味さだ。これを好きなんて想像出来ない。

恐らく、他にもこれを作った奴はいたんだろう。ただ、味見段階で不味すぎて、誰も実際に試したことはないんだと思う。

……だからこそ。

「いや、試す価値はある」

「「へ？」」

俺の言葉に、二人して目を点にした。

「獣人族は、体の代謝を活発にするために肉を主食とする。でもそれと同じくらい、超激辛料理も平気な顔をして食べるんだ。もしエルフ族が同じような理由でこれを食べるなら、可能性はある」

「確かに、獣人族はそうかもしれませんが……超激辛と言っても、食べられる物です。これは食べられませんよ？」

「辛いも痛いも、同じ痛覚信号だ。多分大丈夫だろう」

俺はもう二度と食べたくはない。罰ゲームでも絶対嫌だ。

ふぅ……ちょっと治まったな。

「じゃあ次、レアナの方から何かあるか？」

「あるわよ。ミヤビ大商会の会長、ミヤビさんから聞いたんだけど、リエンにエルフの死体を売った商人、ラゼルは売ってから三日後に殺されたらしいわ」

うん、俺がシュラーケンから聞いた情報と同じだな。

「それでその死因、弓矢で貫かれていて、全身蜂の巣で死んでたらしいわ。そのうちの一本が現場に落ちていたらしいの。無理を言って借りてきたわ」

レアナは足元に置いていた布包みをテーブルの上に置き、布を解く。

そこにあったのは、金属の鏃《やじり》と羽が付いている、ありふれた矢だった。

ただ普通の矢と違うのは、矢柄《やがら》の部分に小さいマークが刻まれている。

……あれ、このマーク、どこかで……？

「鑑定してみたけど、羽はフェザーファルコン。矢柄は宝樹《ほうじゅ》リシリア。鏃はミスリルで作られているわ。恐らく、エルフ族の物よ」

「よくこんな物が残ってたな……間違いなく、エルフ族としての痕跡だろ？」

「偶然、ラゼルの近くに隠れるようにして落ちてたみたい」

偶然にしては出来すぎの気もするが……何にせよ、手掛かりがあるのはいいことだ。

「じゃあ、最後は俺だな。俺の方は、さっきの二〇年前に貴族が買ったエルフについて分かったことがある」

闇オークションカタログから切り出した写真を二人に見せる。

「不潔」

「いやらしいです」

「ちっげーよ！　確かに局部しか隠れてないけども！」

だからそんな蔑むような目で見んな！

「……これは、俺の昔の伝手で手に入れた三〇〇年前の闇オークションで出品されたエルフの写真だ。名前はセツナ。こいつが二〇年前、貴族に売られたエルフだ」

「……よくそんな物見つかったわね」

「俺にも、ちょっと言えない伝手の一つや二つはある」

シュラーケンなんてまだまともな伝手の方だ。

「それでこのエルフだが、何やかんやあってその後直ぐ別の人物に売られたらしい。これはまだ憶測だが、俺とリエンは会ったことがある奴だ」

「私が、ですか？」

「ああ。地帝のエンパイアと戦った時に現れた、あのクロと名乗った胡散臭《うさん》い執事のような奴だ」

思い出したのか、リエンは息を呑んで目を見開いた。

「……あの人、どう見ても二十代に見えましたが……」

「俺にもそう見えた。だけど、やり口が共通している点がある。もしかしたら二〇年前とは別人かもしれないが、関連はありそうだ」

さて、これで全部情報は出揃って――。

「ねえ、ちょっといい？　このマーク……」

と、レアナが写真の右腕と、矢に彫られているマークを見比べる。

「もしかして、同じじゃないかしら？」

「何？」

……確かに、同じように見える。ということは、もしかしてエルフ族のマークなのか……？

「あれ？　でもセラちゃんにはそんなマークありませんよ？」

「……もしかしたら、種族を示すマークじゃなく、部族を示すマークなのかもな。この矢を使う部族と、セツナの部族は同じものなのかもしれない」

三人で調べた結果、色々と情報が繋がったな。

「じゃあ、今後の方針としては、クロが何故エルフを買ったのかの調査……は難しいか。野草シチューの実験。エルフの祀っている樹木の捜索。この二つをメインにする」

「了解よ」

「承知しました」

◆◆◆

「……ねぇ」

「……何だ？」

「……これ意味あるの？」

草木も眠る丑三《うしみ》つ時。

俺とレアナは、エルフの目撃情報があった森に潜んでいた。

範囲型の《光学迷彩《カモフラージュ》》と《音響遮断《カット》》を使っているが、念のため茂みの中に隠れている。

因みにリエンは大洋館でおやすみタイムだ。複数のアンデッドを使用しているから、めちゃめちゃ疲れてしまうらしい。

そして、隠れている俺達の見つめる先にある物。

勿論、皿に盛ったレアナ特性野草シチュー。しかもご丁寧にスプーンと『ご自由にどうぞ』という立て札付き。

「どこからどう見ても親切心の塊のようなトラップじゃないか」

「見るからに怪しすぎじゃない⁉　て言うか、自分でトラップって認めちゃったし⁉」

だって罠だもの。

まあ、まだ本当に引っかかるかどうかは分かってないし、今は実験ってことになるけど。

「……不味いとは言え、私の料理があんな扱い……ちょっと悲しいわ」

「じゃあ残りのシチューをどうぞ」

「私、他人に食べてもらうのが好きだから」

おい、そっぽを向くな。こっち見ろ。

じとーっとした目でレアナを見ていると、別の草むらから草木が擦れる音が聞こえた。

「っ！　……エルフか？」

「ちょっと待って……」

レアナが眼を凝らす。

俺のユニークスキル《縁下》のレベルが上がったことで、レアナの《鑑定眼》の力も上がった。《千里眼》。今は覚えたばかりだから範囲は狭いが、半径五〇メートル圏内なら、どこに何が隠れていても視《み》ることの出来る眼らしい。《鑑定眼》の能力の一つだ。

「……いえ、ただの草食魔物ね。シチューの匂いに惹かれて来たみたい」

「あんなクソマズシチューに惹かれたのか」

「私の料理にケチつけないでくれる⁉」

「じゃあ美味いと思うか？」

「…………」

おい、目を逸らすな目を。

じっと草むらの方を見ていると、レアナの言う通り鹿型の魔物（通称、鹿）が姿を現した。

その鹿がシチューの周りをうろつき、匂いを嗅《か》ぐ。

そして……ぺろ。

「っ!?　～～～～っ!?　――――っ!!」

ばたり……。

………。

「おいーーーー!?　鹿ーーーー!?」

「ちょっ!?　死んだわよ!?　鹿死んだわよ!?」

「落ち着け、まだ死んでねーよ（多分）！　あれだ、美味すぎて失神してるだけだ（多分）！」

がくがくがくがくがく。

「痙攣し始めたわよ!?　マジで死ぬわよ!?」

「あれだから、美味すぎて馬になってるだけだから！」

「いや馬でも痙攣はしないわよ！　とにかく助けなきゃ！　私の料理で無害な鹿が死ぬのは夢見が悪すぎるわ！」

あ、レアナ！　……ええいクソ！　俺も行くぞ！

レアナに続き、結界を解除して茂みから外に出る。その瞬間――。

「ペルーーーー!?　……あ」

……え？

…………。

固まる俺、レアナ、そして反対側の草むらから出てきた、一人の美少女。

金髪のロングヘアーと翠眼《すいがん》。ちょっと間抜けそうだが絶世の容姿。……そして尖《とが》った耳。

…………。

「確保！」

「ＯＫ！」

「ちょっ!? 何だお前達！ それよりペルを助けさせてくれ！ ペル！ ペルーーーー！」

◆◆◆

エルフの腰に荒縄を巻き、先をレアナの手首に巻き付けることでとりあえずは解放した。

エルフは鹿――ペルというらしい――の側に座り、懸命に治癒魔法を使っている。

その後ろでそれを見ているが……凄いな。体の中の毒素が、見る見ると外に排出されていく。人間も同じ魔法を使えるが、速度と効果が尋常じゃない。

てことは、あの野草シチューはやっぱ毒認定されたのか。

暫く待っていると、ペルに翳していた手を退《ど》かした。

「ほっ……これで大丈夫だ、ペル。すまないな、あんな劇物食べさせてしまって」

「ジオウもだけど、あんたも失礼じゃないかしら」

「劇物じゃなければ私の魔法は反応しないぞ」

「うぐっ……」

……ドンマイ。ちょっとだけフォローしておこう。

「だが、レアナ……この子の作ったシチューは、エルフが好む野草で作った物だ。毒は入っていないはずだけど……」

「確かに私達エルフは、野草シチューを好む。……恐らくそこに、エルフ族や草食魔物には毒になる野草を混ぜたレシピが、人間の間に広まっているのだろう。そういう野草は、決まって無味無臭だからな。大方、我々を捕らえようとでも考えてのことだろうが……」

なるほど……。

「知らなかったとは言え、すまなかったな」

「本当だ！　私が食べたら危うく即死だったぞ！　だから人間は愚かで低能なのだ！　エルフの好みの野草くらい調べておけ！」

と言われてもな……エルフの好きな物なんてそうそう調べられないだろ。

「じゃあ何でペルに食べさせたんだ？」

「休んでる間に爆睡してしまって、目を離した隙に……」

こいつ……もしや阿呆《あほう》か？

何か妙に疲れたな……。

げんなりとしていると、エルフはふんっ、と胸を張った。服の上からでも分かる。大きすぎず小さすぎず、大変素晴らしい形だと思います。

「それで、私をどうするつもりだ？　言っておくが、私を犯そうとしても無駄だぞ。私達エルフは、神樹デルタの加護が付いている。私達に手を出そうものなら、それ相応の神罰が下るだろう！」

ほう、神樹ね。

「でもその神樹に供え物を探してる途中だろ？」

「……そうなのだ……今、神樹デルタは活性化していて、もうじき実をつける。そのため栄養を沢山供えなければならないのだが、中々見つからず……」

はい確定。

「レアナ、メモしろ。エルフの探してるのは、神樹デルタの栄養だ」

「はーい」

「なっ!?　謀《たばか》ったな!?」

自分で言っておいて今更何を。

「ふ、ふん！　それを知ったところで、人間程度にはどうも出来まい！　私達エルフを留《とど》めておくことなど、出来ると思うな！」

エルフが魔法を使ったのか、一瞬で姿が見えなくなった。側にいたペルも、一緒に消える。

「……《光学迷彩《カモフラージュ》》かしら？」

「いや、恐らくもっと高位の魔法か、エルフ固有のものだろう。……だけど」

「ええ、分かってるわ」

レアナが自分の手首に巻き付けていたロープを思い切り引っ張る。

するとその先の輪っかが、エルフの腰に括《くく》り付けた形のまま物凄い勢いで俺達の足元に飛んできた。楕円の形を保ってることから、多分まだ繋がっているんだろう。

「生憎《あいにく》、私にパワーで勝てるとは思わないことね。このまま締め上げて口から内臓吐き出させてやろうかしら」

「待って待って待って!? 分かった、逃げない！ 逃げないから！」

お、姿が見えた。相当苦しかったのか、若干涙目だ。

「くっ……殺せ！ 辱《はずかし》めを受けるくらいなら、死んだ方がマシだ！」

「折角見つけた手掛かりを誰が殺すか、バカタレ」

俺はエルフの前に座り込むと、一枚のカードを切った。

「神樹デルタ、それを狙っている組織が存在する」

「……馬鹿な。神樹デルタはエルフ以外見つけられん」

「その組織に、セツナというエルフがいると言ったら？」

俺の言葉に、エルフが目を丸くして驚く。

「……生きて、いるのか……？ セツナ姉様が……？」

姉様……ということは、姉妹になるのか。

「十中八九」

俺の言葉を吟味するように思案する。

「……どこだ……セツナ姉様はどこにいる……？」

「おっと。これ以上の情報開示は出来ない」

「貴様……！」

「その代わり、俺の願いを何でも一つ聞くという条件で、俺達の知る全てをお前に教える。何なら、そのセツナとやらを一緒に救い出す手助けをしてもいい。どうだ？」

「……エロいことはしないと約束するか？」

「勿論だ。俺は性欲を解消するためにお前を捕まえたんじゃない。もっとでっかい野望のためだ」

その言葉にエルフは一瞬たじろいだが、覚悟を決めた顔をして手を差し伸べてきた。

「シュユ。それが私の名前だ。この子はペル」

「俺はジオウ。さっきも言ったが、こっちの子はレアナ。よろしくな」

その手を握り返す。

こうして俺達は、エルフ族のシュユという強力な味方を手に入れた。

第四章　エルフ族の里

シュユを連れた俺達は、まずレアナの部屋に戻り、大洋館へと繋げている扉の前に立った。

「これからお前を、俺達のアジトに連れていく。そこで互いに有益な情報を交換しよう。今ならまだ引き返せるが、向こうに着いたら本格的に逃げられないぞ？　どうする？」

「愚問だ。確かに神樹デルタへの供え物も大事だが、それは他の者も集めている。私としてはセツナ姉様の安否と救出が最重要。罰《ばち》は当たるまい」

……シュユはセツナのこと、本当に尊敬してたんだな……でなきゃ、こんな優しい顔なんて出来ない。

「……分かった。じゃあ行くぞ」

扉を開けると、その先にはエタがお辞儀をして出迎えてくれていた。相変わらずの無表情だけど、その口が小さく開く。

「ジオウさん、レアナちゃん。お帰りなさい」

どうやらリエンが、エタを通して帰ってくるのを待っててくれたらしい。

「おう、ただいま」

「リエン、ただいま。すっごいの捕まえたわよ」

「何ですか？　カブトムシ？」

「そこまでガキじゃないわよ!?」

いや、レアナはちょっと子供っぽいところもあるが……今はそれはいいや。

レアナがシュユの背中を押し、エタ《リエン》の前に立たせた。

「見てリエン！　私の野草シチューでエルフが釣れたわ！　正真正銘、本物のエルフよ！」

「えっ⁉　あの劇物で⁉」

「あ、あれはレシピがそれ用だったからよ！　私のせいじゃないわ！」

「と言うか、その話だと私が劇物に釣られたような感じになってるぞ！　私じゃない！　ペルが釣られたんだ！」

突然振られたペル。見ろ、めっちゃビックリした顔してるじゃないか。可哀想に。

「とりあえず執務室に集合。そこで彼女の紹介をする」

「分かりました」

エタは少しお辞儀をすると、ランタンを持って俺達の前を歩く。

それに付いていくと、シュユが鼻をヒクヒクと動かした。

「……なあ、ジオウ殿。奴は死肉か？」

「ああ。うちにはネクロマンサーがいる。あの子は、そいつが使役してるアンデッドだ。……もしかして、エルフってそういうのダメか？」

「いや、私は革新派だからダメではない。だが我らエルフは自然に身を任せている。自然派の奴らは、恐らく受け入れないだろうな」

なるほどな。エルフの間にもそういった派閥があるのか……。

多分だけど、伝統と時間の流れに重きを置くのが自然派。外部からの刺激を取り入れて発展させていこうとしてるのが革新派なんだろう。

今回捕まえられたのが、革新派で良かった……でないと、ただでさえ見つけにくいエルフを、さらに革新派に絞ってまた探す羽目になってたからな。

暫く廊下を歩き、執務室へやって来た。既にリエンは執務室のソファーに腰を掛けている。

「お帰りなさい、お二人共。そして初めましてエルフさん。私がネクロマンサーのリエンです。主にここの管理と、守護を任されています」

「リエン殿、だな。私の名はシュユ。訳あって、暫くここで行動を共にすることになった。よろしく頼む」

よし、これで全員との自己紹介は終わったな。

「皆座ってくれ。そしてシュユ。まずは俺達が掴んでる、セツナの情報について教えておく。一部憶測もあるが、いいか？」

「無論だ。セツナ姉様の手掛かりになるのなら、たとえ確率が一パーセント以下でも欲しい。頼む」

「……分かった」

今俺達の知るセツナに関しての情報を、全て話した。クロと呼ばれる男のいる組織で生かされ、二ヶ月後の神樹デルタに関する何かを企んでいることも。

憶測も交えた話を、シュユは一つ残らずメモを取っていた。その顔は真剣そのものだ。

「奴らが神樹デルタを狙う理由は分からない。ここで聞きたいんだけど、神樹デルタってのは何なんだ？」

そもそもだが、神樹なんてものがこの世に存在することを初めて知ったんだ。恐らくエルフの中でも秘匿《ひとく》され続けてきたんだろう。

シュユは出された紅茶に口をつけ、ゆっくりと口を開いた。

「……神樹デルタは、リスマン族の崇拝する樹だ。それが二〇〇〇年に一度、巨大な花を開花させ、一晩にして実をつける。それが今から二ヶ月後の満月の日だ」

シュユの話す内容を、今度はリエンの操るエタがメモを取る。

「その木の実には、一時的にだが口に含んだ者の力を数百倍から数千倍にする力があると言われている。私達はリスマン族とは違う部族だが、実をつける度に共闘し、神樹デルタを守っている」

共闘……？　まるで、何かと戦ってるみたいな言い方だな。

だが、その疑問も直ぐに解決した。

「他族にも信仰する樹はある。私の所属するサシェス族は、宝樹リシリアを信仰している。聖樹アーベラを信仰するのはレグド族。天樹オメガを信仰するのはテサーニャ族。レグド族とテサーニャ族は、神樹デルタの実がなる度に徒党を組んでリスマン族へ攻め込んでくる。リスマン族とサシェス族は共闘して撃退するが、今回も、恐らく来るだろう」

なるほどな……ってことは、今回はその中にクロの組織も来るってことか……もしかしたら、あのエンパイオも……。

もし本当に今回の戦いにエンパイオが来ることがあったら、本格的にまずい。俺じゃ絶対勝てないし、強くなったとは言え最悪レアナも殺されるだろう。

……色々と対策を考えなきゃな。

ぐるぐると考えていると、シュユが話を続けた。

「クロなる者が欲してるのは、間違いなく神樹デルタの実だ。セツナ姉様を手に入れたのも、詳しい場所や実をつける時期を知っているからだろう」

うん……？　だとしたら、おかしいな……。

「あのー、すみません。そこまで凄い木の実なのでしたら、セツナさんもそんな悪い人には渡したくないんじゃ……」

俺が疑問に思ってることを、リエンが代表して聞いてくれた。

それはシュユも思ってたのか、顔を引きつらせる。

「……分からん……私も、セツナ姉様も、母様から神樹デルタの重要性は耳にタコが出来るほど聞かされていた。私達は、リスマン族と共に神樹デルタを守ることに誇りを持っていた。……いたんだが……」

シュンと落ち込むシュユ。……ま、これぱっかりは本人に直接聞かないと分からないことだな。

「……神樹デルタを取り巻く環境はよく分かった。それを踏まえた上で、俺達はリスマン族、サシェス族に味方をする」

「えっ⁉　い、いいのか……？」

「勿論だ。あんな奴らに神樹デルタを渡したら、どうなるか考えたくもない。ついでにセツナも助けて、また姉妹仲良く暮らしていけるようにしてやるよ」

それにここで二つの部族に恩を売っておけば、今後【虚ろう者】の活動を広げられるかもしれないからな。一つより二つの方がお得だろ？

「……ありがとう……ありがとう、ジオウ殿……！」

俺の手を握り、涙目で感謝の言葉を繰り返すシュユ。ちょっとドキッとしたのは内緒だ。

「ま、任せろ。その代わり、俺の願いを何でも一つ聞く件、忘れるな？」

「不潔ね」

「不潔ですね」

「やはりエロ大魔王だったのか、貴様……！」

「ちげーっつってんだろ、話をややこしくするな！」

◆◆◆

翌日の夜、シュユの指示の下、俺は神樹デルタに供えるための蜂蜜を探していた。どうやらシュユは、それを探して森を歩き回っていたらしい。

因みにレアナとリエンは、供え物の一つである金剛桃《こんごうとう》と呼ばれる果実を採りに行っている。この二つが、シュユの求めているもの……なんだが……。

「なあ、普通の蜂蜜じゃダメなのか？　養蜂場《ようほうじょう》に行けば買えるぞ」

「ならん。普通の蜂蜜ではなく、スーパーハニービーという魔物が集める蜂蜜でなければ」

スーパーハニービー……聞いたことないぞ。

「スーパーハニービーってどんなのだ？」

「スーパーハニービーとは、ハニービーの中でも超超超希少種に分類されるものだ。普通はハニービーの中に紛《まぎ》れているのだが、ごく稀にスーパーハニービーのみで構成される巣がある。それを見つけなければならない」

……そんな超超超希少種のスーパーハニービーだけで作られた巣って……そう簡単に見つかるとは思えないんだが。

「ふふふ。ジオウ殿、何のために私がペルを連れてきていると思っている？」

俺の考えを読んだように、シュユが鼻高々にドヤ顔を決めている。イラッ。

「ペル達一族は、スーパーハニービーの蜂蜜が大好物でな。スーパーハニービーがいる場所を嗅ぎ分けることが出来る、凄い鹿なのだ」

シュユドヤ顔。ついでにペルもドヤ顔。

「……その割には毒入り野草シチューで死にかけてなかったか？」

「……そうなのだ。この子、スーパーハニービーの匂い以外てんでダメで……」

「!?」

シュユの発言が許せなかったのか、ペルが頭で何度も小突いている。何だかんだ仲が良さそうな二人――正確には一人と一匹――だな。

「ま、まあ、ペルに付いていけば何も問題はない。ジオウ殿は安心して付いてくればいい」

……今はペルの鼻を信じるしかない、か。すごーく心配だけど。

ペルが先頭、その直ぐ後ろをシュユが意気揚々《ようよう》と歩き、最後は俺だ。

夜の森で視界は悪いが、ペルとシュユは問題なく進んでいく。

そんな一人と一匹から離れないように追いかけていく。結構なハイペースだ。正直、付いていくので精一杯。エルフってこんな体力あったのか？

ペルの動きに合わせて、ジグザグに足場の悪い森を歩くのはかなりきついぞ……。

「ん？　大丈夫かジオウ殿。少しペースを落とすか？　夜の森は慣れていないと、どんな猛者《もさ》でもきついからな。無理はするな」

「馬鹿言うな。このままで大丈夫――」

ぐらっ。

……ん？　あれ？　何だ、この浮遊感は……？　ん？　バランス崩してる？　何で？

シュユとペルの姿がゆっくりと傾く。景色も同じく、右方向に傾いていっている。

いや……これ、世界が傾いてんじゃなくて……。

「……崖ーーーー!?」

俺が落ちてんのかああああああ!?　てか何でこんな所に崖ーーーーー!?

「んな!?　ジオウ殿！　ジオウ殿ーーー!?」

シュユの姿が一瞬のうちに遠くになっていく。それも夜だから、直ぐに姿が見えなくなった。いや運悪すぎじゃない俺？

てか、このままだと地面に激突する……！　こうなったら……！

「え、《空中歩法《エア・ウォーク》》！」

激突する直前、人面百足戦で編み出した魔法で咄嗟《とっさ》に空気のクッションを作ると、ギリッギリで衝撃を全てなくし、上手く着地することが出来た。

「た、助かった……」

人面百足……サシャさんと戦ってなかったら、この魔法は編み出してなかった……マジで死にかける五秒前。と言うか今も下手したら死んでた。

あぁ～……まだ心臓がバクバクしてる。くそ、あの鹿野郎、もっとまともな道を通れよ。次あいつのせいで死にかけたらもみじ鍋にして食ってやる。

崖の上を見上げるが……真っ暗で何も見えないな。

「おーーーーい！　シュユ、いるかーーー!?」

…………。

「いるぞーーー！　大丈夫かーーー！」

お、いた。

「今登るから、待ってろーーー！」

「了解したーーー！」

俺は膝を深く屈伸すると、《空中歩法《エア・ウォーク》》を連続で使って崖を登っていく。

……ん？　何だ、この甘い匂い……？

……あれ、直ぐ消えたぞ？　何だ？

首を傾げていると、もう崖の上まで登ってこれた。多分、高さにして五〇メートルくらいだろうか。こりゃマジで死にかけたな……。

シュユが、ホッとした表情で出迎え、ペルの頭をちょっと無理やり気味に下げさせる。

「すまない。ペルも私も夜目が利くから、注意するのを忘れていた。どうやらペルは、この辺りから匂いを感じたようなのだが……」

「いや、生きてるんだし大丈夫だ。それより匂いってのは、何種類ものフルーツを混ぜ合わせたような濃厚な甘い匂いか？」

「え？　あ、ああ。他の蜂蜜にはない、フルーティな香りだ。私も一度嗅いだことがあるが、とてもかぐわしい香りだぞ」

じゃあ、さっき嗅いだ匂いは……。

「もしかしたら見つけたかもしれん。崖の真ん中辺りで、同じような匂いを嗅いだ」

「本当か!?　直ぐに行こう！」

シュユは目を閉じると……体が緑色に光り出したぞ。これは……魔法か？

緑色の魔力が背中に集まると……背中から緑色の羽のようなものが現れた。何だ、この魔法は？

見たことがないぞ……？

「……それ、風魔法か？」

「ああ。エルフ固有の風魔法だ。《妖精の羽《フェアリーウィング》》。簡単に言えば、空を飛ぶ魔法だ」

えっ、空飛べんの!?

人間の使う魔法には、空を飛ぶ魔法は存在しない。気流を操って体を浮かせることは出来るが、自由自在に飛ぶとなると、空気抵抗や慣性を理解し、さらに体に触れている気流の計算もしなければ、バランスを崩してしまう。

シュユのように羽を生やすなんてのも考えられたが、羽なんてそもそも人間には存在しないものだ。飛ぶどころか満足に動かすことも出来ない。

人間とエルフの違いをまざまざと見せられていると、シュユはフワッと体を浮かび上がらせた。

すげぇ、本当に飛んでる……。

「行くぞ。ペルはここで待機」

「お、おう」

崖を飛んで降りていくシュユに付いていくように、俺も崖を飛び降りた。

断続的に《空中歩法《エア・ウォーク》》を発動させ、少しずつ降りていく、と……あ、この匂い。

「シュユ、この近くだ」

「む？　すんすん。すんすん。……これは……間違いなさそうだぞっ。こっちだ」

「お、おい待ってくれ……！」

くっ……ゆっくり降りていくけど、微調整が難しいな……！

魔法を解除して崖に掴まると、岩壁伝いに匂いの濃い場所へ進んでいく。そして――。

「……あっ……」

「……間違いない。スーパーハニービーの巣だ……」

崖と木にへばりつくようにして作られた蜂の巣。ここからかなり濃厚な匂いが漂ってくるぞ。

「マジ？　いやー、簡単だったな」

「いやいやいや。本来だったら当たりをつけて、後はしらみつぶしで二、三週間探し続けるのが定《じょう》石《せき》なんだが……ジオウ殿の運の良さには呆れるな」

シュユは嘆息《たんそく》すると、無防備にスーパーハニービーの巣へ近づいていった。

「蜂達よ。もう直ぐ神樹デルタが目を覚ます。すまないが、少し蜜を分けてもらえないだろうか？

……ありがとう」

え？　今ので交渉成立？

シュユはカバンから瓶とナイフを取り出すと、巣の下部を丸くくり抜いた。

そこから、栓《せん》を抜いた湯船のように、大量に蜂蜜が流れ出る。

瓶が一杯になるまで蜜を貰った後、くり抜いた穴を、カバンから取り出したコルク栓で塞《ふさ》いだ。

「これで採取完了だ。上に戻ろう」

「あ、ああ」

すげぇ、こんな簡単に終わったよ……エルフにとっては探すのだけが手間で、採取するのは簡単なんだな。

「エルフは、動物や昆虫と話せるのか？」

「正確には、私は草食魔物や昆虫魔物と話せる。他にも肉食魔物、妖精族と話せるエルフもいるぞ」

エルフ特有の能力みたいなものか……自然と共存する、エルフならではだな。

崖の上まで戻ると、ペルが蜂蜜の匂いを嗅いでちょっと興奮気味だ。確かに、蓋《ふた》をしててもいい匂いが漂ってくるもんな。

「俺達の方はこれで終わりか。一度館に戻ろう。多分レアナとリエンも戻ってきてるだろうし」

「え……金剛桃は、ロックタートルの中でも超超超希少種のダイヤモンドタートルの背に実る、幻の桃だぞ？　そう簡単に見つかるとは思えんが……」

「ああ、心配すんな。あいつらの人海戦術は軍の一個中隊を凌ぐ。今日中には見つかるだろうさ」

「……お前達は、一体何者なんだ……あっ、おい待てっ、無視するなー！」

◆◆◆

「んー……広いわね」

私とリエン、それとリエンの使役している二七〇体のアンデッドが、深夜の広大な砂漠を見渡している。

気温はマイナス一〇度。アンデッドマジシャンの張ってくれている結界がなかったら、今頃布ダルマになるくらいの寒さだ。

「この中から、ダイヤモンドタートルを探すのですか……かなり疲れそうですね」

リエンがげんなりした顔で言う。その気持ち、分かるわ……。

私達の目的は、ダイヤモンドタートルの背中に実ると言われている幻の桃、金剛桃だ。皮がダイヤモンドで出来ていて、中には熟成された果肉と果汁がたっぷり詰まっているんだとか。

「こんな広くて見つけられるのかしら？　ダイヤモンドタートルって、超超超希少種でしょ？」

「はい。シュユさんが、スーパーハニービーよりこっちに多くの人員を割《さ》いたのは、恐らく見つけるのが困難だからだと思います」

「しかもいるのは砂の中……困難どころじゃないわね」

はぁ……まさか、この歳になって砂遊びするとは思わなかったわ。

「さっさと探しましょう。作戦通り、リエンはここでアンデッドの操作。護衛はセラ。私とアンデッドはダイヤモンドタートルの捜索。私の護衛はエタ。これでいいわね？」

「はい、大丈夫です」

「じゃあ、行くわよ」

合図と共に、砂漠に向かってアンデッドが散り散りになった。

至る所で魔法を使って砂が掘り起こされる。パワーに自信のあるアンデッドは、砂埃《すなぼこり》を撒き散らして吹き飛ばしている。

私は高速で移動しつつ、《鑑定眼》の力の一つ、《千里眼》を使って砂の中を見ていく。

だけど見つかるのは、普通のロックタートルや全く関係ない魔物。それに無数の人骨だけ。リエンに言ったら大興奮の光景だろう。絶対言わないけど。

「……中々いないわね……」

「それに、見つけたとしても金剛桃が実ってないといけませんし、かなり難易度は高いですよ」

「それもそうね」

アンデッド達とは少し離れ、周囲には私とエタしかいなくなった。

地中を覗いても、やっぱりそれらしい影は見当たらない。

地中を含めた半径五〇メートルを見ることが出来る《千里眼》でも見つけることが出来ないなんて……かなり根気がいりそうね。

「うーん。ロックタートルは簡単に見つかるんですけどねぇ……ダイヤモンドタートルはまだ見つからないです」

エタが現状を報告してくれた。向こうも見つかってないみたいだ。

「超超超希少種なんだし、そんな簡単に見つけられるものじゃないでしょ」

むしろそんな簡単に見つける奴がいたら、それはもう強運とか悪運とか、そんなレベルの運じゃないと思う。

「ダイヤモンドタートルって、砂の中に潜ってるのよね？」

「はい。深さまでは分からないですが、外に出てくることは滅多になく、砂の中を這いずって生きているそうです」

「なら、私は深さの方で探ってみようかしら」

「……あの、何を？」

何をって、言葉の通りよ。

魔力を練り、高め、発火。全身を炎が覆った。

「ほっ！」

足裏から出した炎の推進力を利用して飛び上がり、

「せいやあああああああああ!!」

推進力を利用した、渾身の一撃パーンチ！

ドッッッッパァァッッッ!!

おお……!?　砂埃すっご……！

「けほっ、けほっ……！」

うぅ、何も見えない……。

暫くして砂埃が消えると……うっわ、デカい穴！　深さ二〇メートルまで掘れたかしら……？

「……力こそパワーを地で行く人ですね……」

「馬鹿にしてる？　私自身も驚いてるのよ？」

「褒めてます褒めてます」

じゃあ目を合わせなさいよ、ガッツリ目を逸らしてるじゃないのコラ。

穴の底に降り立ち、《千里眼》で更に地中を確認する。でも周りから砂が落ちてきてるから、長居は出来ないわね。

「うーん……やっぱりいないわね。もっと深くかしら？」

「あの、これ以上深くなったら地上に出るのも難しいのでは？　レアナちゃんの炎で飛ぶ方法も、周囲を崩す危険性がありますし……」

「そこはエタの時空間魔法を頼りにしてるわよ」

「あ、やっぱりちゃんと考えてたんですね。脳までパワーに侵されてるんじゃないかと心配だったんです」

「あんたやっぱ馬鹿にしてるでしょ」

それから一時間。掘っては移動し、掘っては移動しを続けたが、未だにダイヤモンドタートルは見つからず……。

「あぅ……髪の毛に砂が絡まるわ……」

「ゴワゴワしますねぇ……」

シャワー浴びたい。お風呂入りたい。ゴロゴロしたい……ジオウ、何してるのかなぁ……。

……っ、ダメダメっ。弱気になるんじゃないわ、レアナ。ジオウに頼まれたんだもの。最後までやりきるわよっ！　……でも、見つからなすぎじゃない？　こっちは二七二人で探し回ってるのよ？　しかも大分荒っぽい手段で。

《千里眼》も範囲は限られるし、しかも遠くになればなるほど精度は落ちる。それでも半径五〇メートルの範囲にも引っかからないって、どう考えても普通じゃない。

「シュユの間違いじゃなければ、別に冬眠中とかそんなことないわよね？」

「そんなことはないと思いますけど……今、館のアンデッドメイドを通じてダイヤモンドタートルについて調べてますので、もう少しお待ちください」

シュユ曰く、ダイヤモンドタートルは今の時期一番活発に動くらしい。だから通常よりは見つけやすいって言ってたのに……。

「何かイライラしてきたわ」

「ど、どうどう……あっ」

この辺全部吹き飛ばそうと考えていると、エタ《リエン》が声を上げた。

「分かりましたよ、ダイヤモンドタートルの詳細。深さ二〇メートル付近に生息していて、金剛で出来た体は光を屈折させ、姿を消すそうです。それに魔法やそれに準ずる力を反射するので、探知や索敵は効果ないとのこと」

「え、それじゃあ……」

「《千里眼》、無意味ですね」

…………（イラッ）。


二時間後。砂漠を全てひっくり返す勢いで力の限りを振るい、無事に（？）ダイヤモンドタートルを発見。金剛桃を手に入れることが出来た。

数日後、ギルドの方から『砂漠の地形が変わったことの原因究明と調査』を依頼されたのは、また別の話だ。

◆◆◆

「ほほー。これが金剛桃か……」

執務室に集まる俺、レアナ、リエン、シュユは、それぞれの成果を出し合っていた。

金剛桃と呼ばれるだけあり、見た目は完全に桃の形をしたダイヤモンドだ。不思議なことに、反対側まで透き通って見える。

「これ、中身詰まってるんだよな？　すっかすかに見えるんだけど」

「無論だ。金剛桃は光を乱反射させ、中身が詰まってないように錯覚させる。そうすることで、他の魔物に果実そのものを食べさせないようにしているのだ」

「いや誰が食うんだよこんなの……」

「色々いるぞ。ダイヤモンドタートルすら噛み砕くことで有名な、超雑食の喰い狂い熊。鉱石を主食にするストーンイーターが知られているな。当然奴らも、栄養がないと錯覚している金剛桃には手を出さない」

なるほど……確かにシュユに教えてもらわなきゃ、これに中身があるなんて思わなかったろうな。

「ご苦労だったな、二人共。疲れ……たろうな」

はは……二人共、机に突っ伏してる。若干やつれてるように見えるのは見間違いじゃないだろう。

相当大変だったみたいだが……大丈夫か？

「疲れたなんてもんじゃないわ……まさか、この歳で全力砂遊びを三時間もするなんて思わなかったもの……」

「私も、ネクロマンサーとしての力をこんな長時間フル稼働したの初めてで……今にも干からびそうです……」

うん、ダメそうだ。

苦笑いを浮かべていると、シュユが仕方ないといった感じで蜂蜜を取り出した。

「本来は神樹デルタに供える物だからダメなのだが、二人には手伝ってもらった恩がある。少しだけだが、スーパーハニービーの蜜を舐めさせてやろう」

「蜂蜜程度じゃ私の疲れは取れがぼっ!?」

「ぎゃぶっ!?」

シュユはティースプーンに載せた蜂蜜を、無理やり二人の口の中にぶち込んだ。

「「ん……んっ!?」」

え……体が光ってる……!?

二人の体がほんのり黄金に輝くと、それが徐々に強くなり……青白くなっていた顔色が徐々に赤みを帯び、目をカッと見開いた。

「うわ……うわ何これ……!?　体力どころか、精神的疲労も全快したわよ!?」

「いえ、枯渇《こかつ》しかけていた魔力も回復しています！　何ですかこれ!?」

……さっきまで指一本動かすのも大変そうだったのに、ティースプーン一杯の蜂蜜で回復した……？　これが、超超超希少種のスーパーハニービーだけが集めた、蜂蜜の力なのか……。

「ふふふ。凄いだろ？　スーパーハニービーの集める蜜は、状態異常や体力を全て全快以上にしてくれる。恐らく今の二人は、今までで一番いい感じになってるだろう」

「確かに……言葉にしづらいですけど、この感覚は今までに味わったことがないですね」

「今なら金剛桃でも握り潰せそうだわ」

止めろよ？　絶対止めろよ？

◆◆◆

砂埃塗れの二人を風呂に押し込み、俺はシュユと執務室で話をしていた。

「神樹デルタに供えるのはこれだけでいいのか？」

「私の担当はこれだけだ。他の同胞は、聖剣の欠片、天使の羽、神狼フェンリルの牙、神秘の雫《しずく》を集めに行っている。これでもスーパーハニービーの蜂蜜と金剛桃は、簡単に手に入る部類なのだ」

確かにそのラインナップを聞いたら、俺達の集めた二つなんて苦労のくの字もないな……。

ふむ……。

「探してみたら、その四つとも家にあるかもな」

「何だと!?　本当か!?　何故だ、何故あるんだ洗いざらい吐け！」

「あぼぼぼぼぼぼはなせえええええっ！」

首っ、首絞まってる！　やめやめやめやめろろろろろろっ！

「あ、すまん……つい興奮してしまって……」

「げほっ、げほっ……い、いや、俺も唐突だった」

シュユは深呼吸をして落ち着いたのか、ティーカップを手に……あ、落ち着いてないな。手がガッタガタだ。

「どんな物かは分からないから、シュユ自身で探してくれ。案内する」

「あ、ああ……」

シュユとペルを連れ、執務室にあるもう一つの扉を開けると、直ぐに地下へ続く階段が現れた。

《ライト》の魔法を使い、足元を照らしながらその中を下りる。

確かアルケミストの大洋館を攻略した後、リエンが館中に散らばっていた錬金術の材料を、一つの部屋に纏めていたはずだ。リエン曰く、珍しい物も大量にあったらしい。あそこなら或いは……。

「お、おぉ……？　何だ、この雰囲気は……」

シュユとペルが何かを感じ取ったのか、俺の背後で体を強《こわ》ばらせる。

「…………！」

「どうしたんだ？」

「……この下から漂ってくる感じ……不思議だ。神聖なオーラや邪悪なオーラが入り交じっていて、気味が悪い……」

「…………！」

身震いするシュユと、それに寄り添うようにしているペル。俺は何も感じないけど、自然と共存するエルフには感じるものがあるのかもな……。

神聖なオーラと邪悪なオーラか……グレゴリオの野郎、どんな物を集めてやがったんだ……？

若干の緊張感を持ち、螺旋《らせん》状に続く階段を下りると、その先に合金で出来た扉が現れた。

扉の中央に手を翳して魔力を流し込む。

『ジオウ・シューゼンの魔力を確認――ロック解除』

鍵が開く重厚な音と共に、扉が自動的に横にスライドした。

「な、何だこれは……!?」

「元々この館の持ち主だった奴が、セキュリティ面を考えて作り出した仕掛けだ。今は念のため、俺の魔力を流さないと開かないようになっている」

「……人間界というのはこんなものが蔓延っているのか……」

いや、こんな仕掛けがあるのこの館だけだと思うが……まあいい。

部屋の中に入ると、七つの棚が平行に並び、それが二〇メートルも連なっていた。

館中にあった不可思議な物体が、棚に綺麗に並べられている。

「……凄いな……まるで、聖と邪の博物館だ」

「俺はここで待ってるから、好きに探してくれていい」

「あ、ああ……!」

シュユは緊張した面持ちで部屋の中に入っていき、棚を物色し始めた。一応リエンが種類ごとに分けているから、そう手間は掛からないとは思うが……。

◆◆◆

シュユが部屋を探して三〇分が経った。色々と奇声が上がったり表情がコロコロと変わったりして、見ていて全然飽きない。

「おぉ……これ、まさか聖書クリミナルの写本……⁉　現物を拝んだのは初めてだ……」

あー、あるある。片付けてる最中に、昔遊んでた玩具や本が出てきて片付けが進まなくなる症候群。俺もよくあったなぁ。

だけど……。

「シュユ?」

「ギクッ。わ、分かっている。……でもちょっとだけ……」

「本は逃げないだろ。早く探さないと、一週間はここに閉じ込めるぞ」

「わ、分かった！　分かったから怖いこと言うな！」

俺の脅しでいそいそと探索を再開する。

「これは神馬の鬣《たてがみ》。これは天鱗。これは悪童の鉛筆。これは……」

いやすげーなシュユ。一個一個名前を言ってるんだけど。結構知識人なんだな……。

「うーん……見つからんな……ただ、これほどまでに希少物質があるんだから、一つくらいはあってもいいと思うんだが……むぅ……」

顔をしかめているシュユに近づき、声を掛ける。

「なさそうか?」

「ああ。まだ全部は調べてないが……」

「なるほどな……なら、暫くここは解放しておくから、好きなだけ探していけ。まだ神樹が完全に活性化するまで二ヶ月あるんだろ？　ゆっくり探せばいいさ。今日はもう寝よう」

「……そうだな……まだ同胞から見つけたという連絡はない。暫く世話になりつつ、ここを隅から隅まで探させてくれ」

「勿論だ」

ロックは掛けずに扉を閉めると、二人で階段を上がって執務室へ戻ってきた。

「ここにいる間は、昨日と同じ客室を使ってくれ。俺は基本ここにいるし、何かあったらリエンを頼ってくれてもいい」

「何から何まですまない」

シュユとペルが礼儀正しく頭を下げてきた。別に礼を言われるようなことはしてないんだが……ただお互いに利益があるから、協力してるだけだし。

「……そう言えばジオウ殿。ジオウ殿の言っていた頼みというのは何なのだ？　あれから何も聞いていないのだが……」

「そうだったか？　なら、明日の朝皆が集まった時にでも話す。今日はゆっくり寝な」

「う、うむ。……エロはダメだぞ？」

まだ言うか。

「何、希望してんの？」

「そ、そんな訳ないだろ！　ふん！」

いやそんな顔真っ赤にされても……自分から言い出して何を照れてんだこいつは。

ジト目を向けると、シュユは慌てたように執務室を出ていく。だがペルは、俺と同じような目でシュユを見送り、俺の方を見た。

「……お前の主人も大概だな……」

（シュユが迷惑を掛けてすみません）

何となくペルがそう言った気がして、俺も苦笑いを浮かべるしかなかった。

◆◆◆

翌朝——という名の十四時。

いかん、がっつり寝すぎた。まあ昨日はかなりキツい夜だったし、仕方ないか……。

「おはよーさーんっと……あれ、レアナ？」

何でレアナが執務室に？

「おはようって……もう十四時よ。おはようじゃなくて、おそようじゃない」

「悪い悪い。で、レアナは何でここに？」

「シュユに頼まれて、倉庫の中を探してたのよ。私の《鑑定眼》と《千里眼》を組み合わせてね」

……なるほど。《千里眼》の範囲内にある物品を全て鑑定したのか。確かにそれなら、一つ一つ探す手間は省ける。効率のいい方法だ。

「それで、見つかったのか？」

「一つだけ、倉庫の中にあったわ。これよ」

椅子に座ると、座卓の上にあった一つの羽根を執務机に載せた。

「これ、天使の羽か？　見た目はただの鳥の羽根だな」

あ、でも光にかざすと若干虹色に光ってるかも。面白いなこの羽。

「それ、天使の羽じゃないわ。もっと別のもの」

「……え、でも見つけたって言ってたろ？　何が違うんだ？」

「私も初めて知ったけど、天使にも階級があるらしいの。それで、これは天使よりも階級が上の天使の羽。天使の上位存在――大天使ミカエルの羽よ」

……え、大天使ミカエル……？

………。

「誰だ？」

「知らないわ。今リエンが調査中よ」

天使なんて存在すらあやふやなのに、更に階級も別。名前も付いているなんて、初めて聞いたな。

天使自体は、数年に一度存在は確認されている。厄災《やくさい》や大飢饉《ききん》などの災害時に、神官二〇人の魔力と祈りを捧げて召喚される超常の存在だ。

召喚と言っても、実際に目の前に現れる訳じゃなく、天使という存在を感じる程度でしかない。

唯一天使がいるという証明として使われるのが、天使の羽とされている。

その上位存在の羽根が、何でこんな所に……グレゴリオ・アルケミスト、侮れない奴だな……。

大天使ミカエルの羽を机の上に置くと、エタの運んできたコーヒーを啜る。

「ふぅ……そういや、シュユはどこに行ったんだ？」

「あの子なら同胞に連絡するって言って外に出てったわ。世界最速の鳥、マッハバードを使ってやり取りしてるから、もうそろそろ戻ってくるんじゃないかしら」

「……天使の羽じゃないけど、そこんとこ大丈夫なのか？」

「さあ？　興奮したリエンみたいに気持ち悪い感じだったし、多分大丈夫じゃないかしら？」

あぁ……あのヨダレ塗れの顔、何となくイメージ出来るな。リエンは死体愛好家《ネクロフィリア》、シュユは神聖遺物フェチってところか。

「……この館にいる女の子で一番常識的なのって、レアナだよなぁ……」

「……あの二人と比べられると誰だって常識的じゃないかしら？」

違いない。

暫くコーヒーを啜《すす》っていると、シュユとリエンが執務室に戻ってきた。リエンの方は……表情から察するに、大天使についての情報は得られなかったみたいだな。

「くぅ……大天使ミカエル……いつか正体を暴いてやります……！」

リエンの知的好奇心に火がついたらしい。背後に炎が見えるのは気のせいか。

リエンの暑苦しさにドン引きしていると、シュユが俺達に正対して頭を下げてきた。

「御三方。本当に何とお礼を言って良いやら……」

「あ、いや。それはいいんだが……これ、大天使ミカエルの羽だったんだろ。元々探していた物とは違うし、羽根を探していた仲間もいい思いはしないだろ？」

「問題ない。神樹デルタに供える物は、希少性が高いほど良いとされているんだ。探していた同胞は、元から捜索に乗り気じゃなくてサボってばかりだったからな。感謝の手紙も預かっているぞ」

おいエルフ……。

エルフの能天気具合に頭が痛くなってきた……。

俺達三人がシュユをジト目で見ると、いたたまれなくなったのかそっと目を逸らした。

「え、エルフが全員そういう訳ではないぞ？　ただあの方は、乗り気じゃないと仕事をしないというか、イヤイヤと言うばかりで……」

「イヤイヤ期の子供かそいつは」

「うっ……そうなのだ。返す言葉もない……」

……シュユも色々と苦労してたんだな……これ以上責めるのは可哀想だから、もういいか。

「シュユ、座ってくれ。レアナとリエンも」

俺の言葉に、全員ソファーに座り、俺は執務椅子に座る。

「シュユ。早速だが、今回俺達がお前達を助けた理由と、俺達の目的を話す。それを踏まえた上で、俺達はシュユに……と言うよりもエルフ族に頼みがある。いいか？」

確認をすると、シュユが少し考え込んでから頷いた。

「……分かった。私個人には限界があるが、出来る限り族長に受け入れてもらえるよう説得しよう」

「助かる」

さて、まず俺達のことから話をしようか。

「俺達三人は、国に所属していないギルドとして活動をしている。組織名は【虚ろう者】。どこにも属さないが、どこからの仕事も請け負う組織だ」

「……ギルドというのは聞いたことあるぞ。確か、報酬と引き換えに業務の依頼を受ける組織だったか？」

「その通りだ。だけど、俺達にはその依頼をしてくる相手がいない。そこで、エルフ族の依頼や面倒事を、俺達に解決させて欲しいというのが、俺からの頼みだ」

情報では、エルフ族にはギルドのような組織はなく、災害などは自然のものとして受け入れているのが現状だと聞く。

だがそれは、受け入れじゃなく諦めだと俺は思っている。

逆らっても抗《あらが》えない災害。だから受け入れるしかない。

でも、そんなことはないと分かってもらいたい。人類は災害や魔物に抗うことで発展してきた。エルフだって、これから発展していくことも出来るはずだ。

「要は、エルフ族の自治に人間が介入するということか……」

「介入させろとまでは言わないけど、協力出来るところは協力させて欲しい。勿論、厄介事や面倒事以外にも、自然災害への対処や魔物の駆除も任せてくれ。俺達ならそれが出来る」

「ふむ……」

シュユが深く考え込んでいると、「ん？」と首を傾げた。

「一つ疑問に思うのだが、何故国に属していないんだ？　こんな回りくどいことをしなくても、御三方の力なら簡単に国に認めてもらえると思うが……」

……あ、そう言えばスキルについて説明してなかったか。

レアナとリエンを見ると、二人とも縦に首を振る。俺もそれに応えるように、小さく頷いた。

「……それは、俺のスキルが関係する。ユニークスキル《縁下》。効果は、俺と契約した組織にいる者の力を一定数倍増させる。今はスキルレベル2だが、倍増量は三倍。……あとは分かるだろ？」

「……なるほどな。確かにジオウ殿が組織に所属するだけで、その組織にいる全員が強くなれば全体が傲《おご》り、暴力の限りを尽くすだろう」

理解してくれたようだ。頭の回転が速い奴は嫌いじゃない。

「……分かった。我がサシェス族族長に話を通してみよう。族長も革新派だから、恐らく受け入れてくれると思う」

「ああ、それでいい」

最終的な説得は俺の方からするつもりだ。それでダメなら、他にも部族はいる。可能性を少しでも上げるためなら、頼りにする他ないだろうな。

シュユはレアナとリエンを見て、うんうんと二度頷いた。

「お二人から感じるオーラ、只者《ただもの》ではないとは思っていたが……なるほど。そういったカラクリがあるのだな」

「シュユちゃんも入ります？」

リエンの問いに、シュユは快活に笑った。

「ふふふ。前向きに検討しておこう」

◆◆◆

シュユがうちに来て一週間が経った。

一応シュユの集めるべき供え物は集まっているから、今は館で日常的な生活をしている。

本当ならエルフの里に行ってみたいところだが、それはシュユが族長に許可を得ている最中だ。慌てることはないだろう。

だけど……この一週間、シュユは何やらずっと難しい顔をしている。何かあったのか？

レアナもそれを感じ取ったのか、庭先で唸《うな》ってるシュユに声を掛けた。

「シュユ、どうしたの？　顔面がオークみたいになってるわよ」

「……エルフに向かって、エルフの天敵であるオークを譬《たと》えにするのはどうかと思うが……これを読んでくれ」

シュユが渡してきた一通の手紙。

……これは……？

「シュユ……」

「ああ、その通りだ。これは極めてまずい状況で――」

「あ。ごめんそうじゃなくて、読めん」

何だこのミミズみたいな文字。エルフ語？

「え？　……あっ」

シュユは一瞬で顔を真っ赤にして手紙を奪い取ると、コホンと咳払いをした。

「え、えーと、簡単に言えば、今里に帰るのはまずい。私の紹介ということもあり、族長本人は歓迎してくれるそうだ。だが、最近になって他族からの嫌がらせが多く続いてるそうだ」

他族からの嫌がらせ？

「それは前に言ってた、レグド族とテサーニャ族のことか？」

「ああ。神樹デルタの活性化に伴って昔から行われていることだが……今回に限って、嫌がらせの度がすぎているらしい。人的被害も多数あり、農作物を荒らされたり、破壊工作もされているんだとか。こんなこと今までなかったが、恐らくは……」

「相手もそれだけ本気ってこと、だよな？」

こくりと頷くシュユ。

度がすぎる、と言うか過激化してきてるようだな……戦争のための前準備、と言ってもいいだろう。だけど、何で今回はそんな過激に……？

考えていると、リエンがシュユに問いかけた。

「それ、今は抑え込めているのですか？」

「ああ。しかし神樹デルタの本格的な活性化まで、まだ時間がある。その時までこれが続けば、我がサシェス族も同胞のリスマン族も、疲弊してしまうだろう」

「その時になって押し込まれたらおしまい……ジオウさん、どうします？」

どうするって、そりゃやることは決まってるけど……ん？

「……そもそも、レグド族とテサーニャ族は、何で神樹デルタの実を狙ってるんだ？」

シュユ曰く、口に含んだ者の力を数百倍から数千倍にするらしいが、何でレグド族とテサーニャ族はそれを手に入れたいんだ……？　この疑問に、シュユは深々と俯いた。

「うむ。先にも説明したが、レグド族は聖樹アーベラを、テサーニャ族は天樹オメガを、私達サシェス族は宝樹リシリアを崇拝している。それぞれが神聖な樹木で、実をつけるが……実に宿っている能力が違うんだ」

能力が違う……？

「神樹デルタの実は、実を口に含んだ者の力を一時的に数百倍から数千倍にする。宝樹リシリアの実は、望んだ未来を三つだけ見ることが出来る。聖樹アーベラの実は、肉体さえ残っていれば、死者の口に含ませると死者を蘇《よみがえ》らせることが出来る。天樹オメガの実は、口に含んだ者の潜在能力を全て引き出すと言われている」

……こうして聞くと、エルフの信仰してる四つの樹木ってのは、とんでもない力を秘めてるんだな……。でも。

「それだけだと、まだ神樹デルタの実を狙う意図が分からないな。食ったとしても、一時的になんだろ？」

「うむ。エルフの尺度でな」

……は？

「年月にして十年。その間、その者の力は数百倍から数千倍になったままだ。エルフからしたら一瞬の出来事だが」

「「じゅ……!?」」

十年……そんな期間一人の人間（エルフ）が力を持ってたら、下手したら世界を滅ぼせるかもしれない。シュユ達がそんな必死になって守るのが分かる気がするな。

シュユの話に唖然としていると、リエンが「あのー」と手を挙げた。

「そんなに危険なら、そもそも実らせなければいいのでは？」

「……確かにその意見も、大昔に出たらしい。だがそうすると、神樹デルタは一瞬で枯れてしまうのだそうだ。信仰する樹を枯らすなどあってはならない。だから、こうして必死になって供物を探し回っていたのだ」

……正直、たかが樹木だと思っていたが、エルフにとっては心の拠《よ》り所なのかもな。考えを改めよう。

「……話を戻そう。何故、奴らがこの力を欲するかだったな。簡単だ。奴らは、エルフ族の統合を目指している。だが単なる統合じゃない。サシェス族とリスマン族を支配下に置き、自分達の里の発展だけを目的にしている」

……それって……。

「奴隷のようなものか？」

「そう言っていいだろう。エルフ四部族を統合した巨大組織を作り、力により支配する。たった十年でも、恐怖と痛みを植え付けるには十分だからな」

…………。

……こいつは、言葉も出ねぇぞ……。レアナもショックを受けたみたいだが、震える唇を開いた。

「酷い……なんで、そんなことを……あんた達、同じエルフじゃないの……？」

レアナの疑問は尤《もっと》もだ。俺も実際そう思った。

だがその疑問に、シュユは神妙な顔で答えた。

「……人間には知られていないだろうが、厳密に言えば我らエルフにもそれぞれ違いがある。我らサシェス族はフェアリーエルフ。リスマン族はホーリーエルフ。レグド族はハイエルフ。テサーニャ族はダークエルフ。レグド族とテサーニャ族は人里近くには近寄らないから、その存在は知られていないんだろう」

そうだったのか……確かに初めて聞いたな。

そもそもエルフの文献や情報は、人間の世界には少ない。エルフ族の中にも更に種族があるなんて、エルフと交流のある人間じゃないと得られない情報だ。

頭の中で色々と整理していると、シュユが話を続ける。

「ハイエルフのレグド族は、昔から全エルフ族の中でも最も優秀な種族として知られている。そしてダークエルフというのは、ハイエルフから転じて生まれた種族。同じ血を色濃く受け継いでいるから、種族間の結束も強い。そして共通しているのが、自分達こそが真のエルフ族だというエゴイズムだ」

……ああ、そういうことか。

「自分達こそが最良の血を持つから、それ以外は自分達の下で馬車馬のように働けって思想か」

「その通りだ。だからサシェス族とリスマン族は、結託して奴らから実を守ってきたのだ」

……力を求めるが故、か……何だか他人事じゃない気がするな……。

昔、俺のせいで【白虎】が狂った。冒険者ギルドも驕り昂ぶっていた。それは、強すぎる力を持っていたからだ。

エルフ族も昔から、同じような状況に陥っている。

そう考えると余計に、何とかしなきゃいけないって気持ちが強まった。

「シュユ。サシェス族族長さんは、俺達のことを歓迎してくれるんだろ？」

「勿論だ」

「なら、今直ぐ里に連れていってくれ」

「……話を聞いていたか？　今里は、レグド族とテサーニャ族からの嫌がらせを……」

「聞いてたさ。聞いてたからこそ、今直ぐ里に行きたい。もしここで奴らに実を取られたら、それはエルフ族だけの問題じゃない。恐らく世界中を巻き込む問題になる」

【白虎】は、自分達こそが最強で、それを世界中に知らしめようとしていた。

もしエルフ族も同じ考えになったら、種族だけでなく、自分達こそ世界を統《す》べるに相応しいと考えるだろう。そうなったら、最悪の場合世界と戦争になる可能性もある。

人間とエルフの戦争なんて不毛だ。絶対に阻止しないといけない。

それに加えて――クロ率いる謎の組織。今回はあいつらも絶対介入してくるだろう。セツナを買ったのは、絶対この時のことを見越してだと、俺は考えている。

地帝のエンパイオや、それ以上の猛者が出てきた場合、サシェス族もリスマン族も間違いなく滅ぶ。それが分かっていて、見過ごすなんて出来るはずがない。

「サシェス族もリスマン族も、俺達【虚ろう者】が、全力で守る。だから安心してくれ」

「……いいのか？　こう言ってはなんだが……その、よそ者の御三方に頼ってしまって……」

「ギルド【虚ろう者】のモットーは、一つ『依頼完遂《かんすい》』。二つ『勧善懲悪《かんぜんちょうあく》』。三つ『抑強扶弱《よくきょうふじゃく》』。自分達が正しいと思うなら、好きなだけ頼れ。頼っちまえ。頼ることは恥じゃない。恥で後悔しちゃ、明日の飯も美味く食えないぞ」

俺の言葉に、ぐっと言葉を詰まらせるが、直ぐに覚悟を決めた顔で腰を折った。

「頼む。我らを、助けて欲しい……！」

……肩が震えてる。本当だったら、自分達の力だけでどうにかしたかったんだろう。

だけど、そんな気持ちを押し殺して、恥を忍んで頭を下げてくれた。自分達だけじゃ、もしかしたら失敗するかもしれないから。

それなら、頼まれた俺らの出来ることは一つ。

「おう、頼まれた」

うちにいる全勢力をもって、依頼人達を守るだけだ。

さあ、戦争だ――。

◆◆◆

俺達は早速館に戻ると、それぞれ準備を始める。

準備と言っても、俺はいつもの茶色のローブとアンサラーだけだ。荷物らしい荷物は特に持っていかない。邪魔になると面倒だからな。

まあ、このローブも中々ぼろっちいが……今は別の物を用意する時間もないし、このままでいいだろう。

鏡の前で装備を確認していると、唐突に扉が開いて、レアナとリエンが入ってきた。

「ん？　どうしたんだ？」

「ジオウ。あんたに渡す物があったの。ついさっき、私の部屋に届いてね」

「渡す物？」

はて、何だ？

「これよ」

レアナがグイッと紙袋に入った何かを突き出してきた。持ってみると……すっげぇ軽いな。まるで何も入ってないみたいだ。

紙袋の中に手を突っ込むと、手触りのいい物が入っている。何これ？

「お……おおっ、カッコイイ……！」

これは……ローブか！　黒の生地に金色の刺繍《ししゅう》が入っている、全身を覆い隠すほどでかい！　しかもサイズも俺の普段から使っているローブと同じだぞ！

「おいおい。どうしたんだよ、これ」

「私達のリーダーが、いつまでもこんな不格好な安物を着てたら、私達の価値もそれ相応に見られちゃうからね。私達からのプレゼントよ」

「王族御用達の専門店、オーダークリエイトで作ってもらいました。デザインはレアナちゃん。魔法付与は私がしました」

オーダークリエイト!?　【白虎】時代に何度か行ったことあるけど、あそこ相当高い店だぞ!?

「こ、こんな高価な物……いいのか？」

「勿論！　あんたのために作ったんだから、ありがたく思いなさい！」

「レアナちゃん、このために夜も寝ないでデザインしたんですよ」

「そそそそれは言わないでって言ったじゃない！　あれよ、私デザインが好きなだけだから！」

レアナ……俺のためにそんな……。

「……レアナ、ありがとう。お疲れ様」

「そっ……⁉　つ、疲れてなんかないわよっ、好きでやったことだもん……」

出たー！　久々の髪モフモフ！　あぁ～可愛いなぁ……。

可愛さにほのぼのしていると、レアナが思い出したように人の悪い笑みを浮かべ、リエンを見る。

「あれぇ？　そう言えば、デザインは私がしたけど、リエンもどうしてジオウの背格好まで知ってるのかしら？　肩幅とか首周りとか、色々教えてくれたのってリエンよねぇ？」

うわ、レアナやらしい。

だがリエンは何でもないような顔で。

「え？　だって将来、もしかしたら私のアンデッドになるかもしれない体ですよ？　それくらい知ってて当然じゃないですか？」

「…………」

レアナ、絶句。圧倒的絶句。

と言うか、リエンのこの気持ち悪いストーカーみたいな感じ、久々に聞いたな……。俺も今の発言はドン引きを通り越して身の危険を感じるぞ……。

ま、まあ、今はそれどころじゃないのは分かってる。うん、気持ちを切り替えるぞ、俺。しっかりしろ。

「そ、それで、ローブにはどんな魔法が付与されてるんだ？」

「はい。魔法障壁、超魔法障壁、物理障壁、超物理障壁、身体強化、状態異常無効化、精神攻撃阻害、浄化魔法、自動修復魔法、体温調節魔法ですね。アンデッドマジシャンを使って、少々掛けさせてもらいました」

「……お、おう」

少々？　今少々って言ったか？　王族の使ってるローブでさえもう少し控えめだぞ？　これ、もしかしたら国宝級ローブよりめちゃめちゃ魔法掛かってるぞ？　そこんとこ分かってる？

いや、感謝はしてる。してるけど、限度というものがだね……。

「……あ、ありがとう」

……折角掛けてくれたんだし、このままでいいか。それに何かあった時のために、わざわざ魔法を解除するのも馬鹿なことだしな。

ローブを着て、腰にアンサラーを携える。軽いと言うか、本当に着ているのか分からなくなるほどの軽さだ。

「うん、いいじゃない。似合ってるわよ」

「はい、とてもよくお似合いです」

「二人共……ありがとな」

折角二人がくれたんだ。これに見合うだけの活躍を見せなきゃな。

二人を伴って玄関ホールに戻る。既にシュユとペルは準備を終えて待っていた。

「すまん、待たせた」

「問題ない。だがここからエルフ族の里まで二週間は掛かる。急ぎ出発しよう」

「あ、その件なら大丈夫だ。リエン」

リエンに合図を出すと、指をクイッと動かし、エタを時空間転移で呼び寄せた。

「さっきこのエタをエルフ族の里のある森まで向かわせた。これで森までは時空間転移が使える」

「……え、いや、早すぎないか？　二週間をたった数時間で？」

「エタなら二週間くらいの距離、二、三時間で踏破出来るぞ」

俺のスキルレベルも上がって、リエンの使役するアンデッドも強くなっている。スピードなら、恐らく今うちにいるメンバーでトップだろう。

……うん、俺はいいんだ。俺は影。俺は縁の下の力持ち。皆が強くなってくれればそれでいい。若干心にダメージを負った気がするが……それは置いといて。

「リエン。頼む」

「はい。皆さん行きますよ」

エタを中心に魔法陣が浮かび上がると、視界が大きく歪み、次の瞬間には辺りは森になっていた。

「ここがエルフの里のある森か……」

守護森林と比べるまでもなく、静かだ。それに、何となく空気が濃いような気もする。

……っ！　殺気⁉

「全員伏せろ！」

物理障壁結界、発動！

飛んできた数十の弓矢を全て弾き返した。

「くっ！　レグド族とテサーニャ族の矢だ！」

「そんなっ、私達の居場所が最初からバレてたの⁉」

「いやっ、恐らく探知結界の類《たぐい》だ！　これから不可視の魔法を使う！　ジオウ殿はそれまで持ち堪《こた》えていてくれ！」

「分かった！」

まだ飛んでくる矢を弾き落とすが……徐々に数が多くなってくる……！

シュユが目を閉じて、何らかの魔法を使う。すると、次の瞬間には矢が飛んでこなくなった。

「……これでもう大丈夫だ」

「……何を使ったんだ？《光学迷彩《カモフラージュ》》ではないよな？」

「うむ。《神隠し》と呼ばれる、エルフ族に伝わる魔法の一つだ。姿だけでなく、気配や音、魔力、探知魔法の効果も全て消す。持続時間は長くはないから、今のうちに移動しよう」

エルフ特有の魔法か。確かにこれがあれば、エルフの姿を見ることなんて出来ないだろうな……。だけど、まさかこんな所で奇襲を受けるなんて思わなかった。これは、気を引き締めて行かないといつやられるか分からないな。

「……レアナ、リエン。警戒レベルを少し上げろ。今ここが、既に戦場だと思え」

「了解」

「分かりました」

俺達は、シュユとペルを先頭にして足早にその場を後にした。

結局その後、レグド族とテサーニャ族の奇襲を受けることはなかった。上手く撒けたみたいだな。

「もう大丈夫そうだ。さあ、こっちだぞ」

シュユの案内で歩くこと二〇分程。何の変哲もない巨木の前で立ち止まった。

「この巨木が、我らサシェス族の里へ通じる道。サシェス族と、サシェス族の認めた者しか入れない空間となる」

シュユが手を巨木に翳す。次の瞬間、巨木が光の粒子となって弾け、その向こう側に巨大な木製の門が現れた。

「……お、おお……!?」

何だ、この魔法……幻惑魔法とも違うみたいだが、どうなってるんだ……？

丸太を組み合わせて作られた門を中心に、大人数人が囲っても囲いきれないほど太い丸太が、等間隔に並んで塀のようになっている。

「凄いわね……」

「壮大な魔法ですね。これもエルフ特有の？」

「ああ。《神包み》と呼ばれる魔法で、族長のみに秘伝される魔法だ。効果は《神隠し》と同じだが、範囲が桁違いに広く、族長が生きている間、半永久的に発動するのが特徴だな」

なるほど……この《神包み》、出来ることなら館の方にも掛けたいけど、教えてくれないかな？

便利なものは出来るだけ覚えたいんだが……。

シュユが門の前に立ち、門に手を翳す。

重厚な音と共に、門が自動的に上へ吊り上げられた。どうやら、サシェス族の魔力に反応して吊り上がる仕組みになってるらしいな。

さて、門の先には何があるのや、ら……。

「お、おおおっ！　すげぇ……！」

あっちを見ても、こっちを見てもエルフ、エルフ、エルフ！　たまに布の際どいエロフ！

あの幻のエルフがこんなにいるぞ！　……何かありがたみがなくなってきたな。

「御三方。まずは族長の元へ案内する。私から離れず付いてきてくれ」

「……分かった」

そりゃ、こんな所で人間の俺達がはぐれたら、弓で射殺されそうだし……。

シュユの後から付いていきながら、周囲を見渡す。

建物は基本的に木造建築だ。地面にそのまま建てているものもあるし、木の上に建てられているものもある。一つ一つが調和の取れた外観で、自然と一体になっている感じだ。

「……ん？」

何だろ……何となくだが、好意的な視線の方が多い気がする。当然全部じゃないし、中には見下すような視線もあるが……。

「ねぇシュユ。何か周りの視線おかしくない？　人間ってエルフの敵じゃないの？」

レアナも同じことを思ったのか、シュユに問いかけていた。

「いや、そういう訳でもない。自然派のエルフは確かに人間を目の敵にしている奴もいるが、それも少数だ。特にここは革新派のエルフが集まっているからな。人間には好意的なエルフが大多数になる」

なるほど。だからさっきからあのエロフ達は俺を誘惑して、ぐふふふ。

「「じーーー……」」

「……レアナ、リエン。何故俺をそんな目で見る」

「「イヤらしい妄想をしてる顔をしてたから」」

こいつら超能力者か？　いや妄想なんてしてないけどねっ！

二人からのジト目を華麗に受け流していると、シュユの足が止まった。そしてその先には……。

「……なん、だ……これ……？」

巨大だ。巨大すぎる樹木。他の木と比べても、数倍。いや、数十倍のでかさだ。見上げても見上げきれない。距離感がなくなるほど、でかい。

そんな巨大な樹木の根元に、一つの家があった。他の建物と同じく木造だが、明らかに大きさが違う。いや大きさではなく、木造の家を覆うように木の根っこが巻き付き、その上に巨大な樹木がそびえ立っている感じだ。

樹木からは、神秘的で暖かな光の粒子が舞い落ちる。それが地面に溶けるように消えていき、光の粒子が落ちた部分が僅かに光っている。

「……凄い……」

「神聖な感じですね……」

二人の言う通りだ……これはずっと見てられる……。

「シュユ、まさかこの樹が、宝樹リシリアか……？」

「いや、その苗だ。数万年の悠久の時を、枯れることなく我らを見守ってくれている。一説では、宝樹リシリアと交信するために植えられたらしい」

苗……このデカさで苗って、本体はどれだけデカいんだ……。

「さあ行こう。族長がお待ちだ」

……何か、一気に緊張してきた……。

深呼吸を一回、二回、三回……よし。

シュユの後に続いて扉を潜る。

家の中は、大洋館とはまた違った、趣《おもむき》のある豪華さだった。一つの木だけでなく、複数の種類の木材を合わせて造られた内部は、どこか暖かみを感じさせてくれる。

紙の貼られた扉が左右に連なる廊下を歩き、階段を二階、三階と上がっていく。

三階の突き当たり。これまでで一番繊細で、細密な作りの扉が現れた。

「族長、シュユです。お話しさせていただいたジオウ殿、レアナ殿、リエン殿をお連れ致しました」

シュユの掛け声に、待つこと数拍。

『……入るが良い』

…………っ。

これ、は……何だ……？　言葉の端々から感じられる圧力は……。

声自体は、まるで鈴を鳴らしたような……いや、小鳥のさえずりのような、優しく耳に残る声だ。

脳が溶けるような……体から感覚が抜けて、痺れ……。

……まさかっ。

「覇《は》アッ!!」

咆哮一閃《いっせん》。

感覚は……よし、戻ってるな。

脳が溶ける感覚も、体が痺れる感覚もない。

「お、落ち着きなさいジオウっ。これから族長に会うのよっ」

「何してるんですかっ、気は確かですか……⁉」

……どうやら、二人には今のは掛かってなかったみたいだ。俺にしか掛からなかったのか？

「……まさか、ジオウ殿。今のを自力で解いたのか⁉」

「……やっぱり族長の魔法だったのか。確かに高練度の幻惑魔法だったが、破り方を知っていれば何も問題はない」

声や仕草で相手の精神を惑わせる幻惑魔法。完全に掛かればアウトだが、掛かる前にそれを上回る魔力と気迫を放てば、解除は可能だ。

「え……どういうことですか？」

「今族長は、俺に対してだけ幻惑魔法を使ったんだ。恐らく、幻惑の中でも異性に使われる、魅了の類だな」

二人に説明していると、中から楽しそうな笑い声が聞こえてきた。

『くかかかっ！　まさか妾《わらわ》の魅了を、一度で破る男がいるとはのぉ！　面白いぞ、早《はよ》う顔を見せるのじゃ！』

……上から目線は気になるが、ここでいつまでも立ってても仕方ない。

シュユに目配せすると、豪奢《ごうしゃ》な作りの扉を開いた。

扉を潜ると、まず最初に目を引いたのは、今までの板張りではなく、まるで草を編んだような床だった。シュユが部屋に入る前に靴を脱いでいるのを見て、俺達も真似して靴を脱ぐ。

右に書架、左の壁には世界地図。中央には何もないが、広くもなく、狭くもない、シンプルな作りの部屋だ。

そしてその先。一番奥には、俺達のいる所から一段高くなっている床に、妖艶の塊のようなエルフが座っていた。更に奥には三日月形の窓が開いていて、外から陽《ひ》の光が差し込んでいる。肘掛に右肘を乗せ、横座り、と言うよりは、シルクの布を乱雑に纏っているような姿のエルフ。肘掛に右肘を乗せ、横座りのまま俺達を出迎えた。

シュユが膝を折り畳むようにして座るのを見て、俺達も同じように座る。って、何この座り方、足首とか痛すぎるんだけど。

シュユが床に手を付き、土下座をするように頭を下げる。

「族長。シュユ、ただいま戻りました」

「苦しゅうない。楽にせよ」

「はっ」

族長の言葉に、シュユは頭を上げた。

「族長、この者達が、私の供物集めを手伝ってくださった、ジオウ殿、レアナ殿、リエン殿です」

「……ジオウ・シューゼンだ」

「レアナ・ラーテンよ」

「リエン・アカードです」

それぞれ自己紹介をすると、族長は俺から見て左からリエン、レアナ、俺、シュユの順番に舐《な》め回すような視線で見る。

「なるほど。そなた達がシュユの手伝いをしてくれたのじゃな」

「「っ……」」

耳から直接脳に語りかけてくるような、柔らかくも圧のある、中毒性のある声。今回は幻惑魔法は使ってないみたいだが……この声が、この人の素の声なんだろう。

「妾の名はアデシャ。サシェス族族長として、礼を言う。ありがとう」

「……俺達もエルフ族に恩を売るためにやったことだ。礼なんていらない」

この手の相手に隠し事は無理だ。俺の勘がそう言っていた。

正直に返すと、アデシャ族長は快活に笑った。

「くかかかかっ！　やはり面白いなお主。この妾を前に、そこまで豪胆な物言いをする者はそうはいないぞ」

……地帝のエンパイオといい、アデシャ族長といい、ある一定の強さを持つ奴らは、何で俺をそんなに面白がるんだ。別に面白いことはしてないんだが……。

アデシャ族長は目に涙を浮かべながら、俺を射抜くように見つめてきた。

「ふむ……妾の魔法を一度で破り、肝も据わっている。それに歳にしては良い風格を漂わせているのぅ……だからこそ惜しい。これほどの男が、寿命の短い人間族というのはな……」

「……過大評価してくれてるみたいだが、俺はそんな大層なものじゃない」

「お主こそ自分を過小評価しすぎじゃ。それは、横の二人の方が分かっているのではないか？」

横の二人？

レアナとリエンをチラッと見ると、うんうんと深く頷いていた。いや、別に俺は落ちこぼれAランクの一般ピーポーなんだが。別に最強って訳でもないし、やれることをやってるだけで……何か調子狂うな。

その時、シュユがコホンと咳払いをした。

「あの、族長。そろそろ話を進めてもよろしいでしょうか？」

「お？　ああ、そうじゃったな。すまんすまん」

アデシャ族長は扇を開くと、無言で俺を見つめた。どうやら、俺の話を促しているようだ。

「……今回、俺達がシュユを助けたのは他でもない。里に俺達の拠点を置く許可が欲しい」

俺達の存在と目的を簡潔に伝えた。この里を守る代わりに金品を要求する、と言ったら聞こえは悪いが、つまりはそういうことになる。

それを伝えると、アデシャ族長はにこやかに頷いた。

「うむ、良いぞ！」

いや軽いな!?

俺達三人は唖然としていたが、シュユはやっぱり、といった顔をしている。

「シュユから聞いていると思うが、妾も革新派の一人。革新派は他族から刺激を取り入れ、エルフとしての可能性を広げることも目的ではある。ギルドも、今のサシェス族の里にはないものじゃ。寧《むし》ろこちらから頭を下げてお願いするところじゃぞ」

「そ、そうかっ。ありがとう、アデシャ族長！」

「ただし条件じゃ」

……このタイミングでそれを言うのはズルいと言うか抜け目ないと言うか……こっちはもう断れない立場だ。仕方ない。

レアナとリエンを見ると、俺を見てコクリと頷いた。

「……俺達に出来ることなら、何でもやろう」

「……この度の戦争、不穏な空気が流れている。奴らに神樹の実を渡せば、エルフ族や人間族だけでない。世界そのものを巻き込む何かが起こる気がする。お主達には、それを阻止するよう立ち回ってもらいたいのじゃ」

……凄いな。俺達はクロ達の組織を知ってるから、その予感はしているが……アデシャ族長はただの直感でそう感じ取っているのか。

「しかし、これは単に妾の勘じゃ。じゃが妾の勘はよく当たる。それでもなお、たった今会ったばかりの妾を信じ、命を懸けてくれるか？」

……そんなの、答えは一つしかないじゃないか。

「……勿論だ。任せてくれ」

「……かたじけない」

目を伏せて感謝の言葉を述べる。

が、次の瞬間には目を爛々と輝かせて立ち上がった。

「よし！　なら今日は客人を大いに歓迎しようではないか！　酒と肉を持って来るのじゃ！　ジオウ、必要なら女も付けるぞ！」

「え⁉　それは願っても……あ、いや止めときますすみません」

だから二人して目の光を消して睨まないで欲しい、レアナ、リエン。冗談、冗談だから。

二人は俺からアデシャ族長に目を向けると、怯むことなく睨みつける。

「ジオウには女なんて必要ないもんっ。何なら金輪際《こんりんざい》そんなの必要ないわ！」

「そうですっ、ジオウさんに女は必要ありませんから！」

「俺には子孫を残す権利すらないの⁉」

流石にまだ二十一歳の脂《あぶら》の乗った男だぞ！　将来的には結婚とか色々と憧れるお年頃だからな⁉

「くかかかっ！　冗談じゃ！　お主達のような可愛らしい女子《おなご》を連れているのだから、わざわざ無粋な真似はせんよ！」

何が面白いのか豪快に笑い転げるアデシャ。シュユが嘆息しているのを見ると、かなり日常茶飯事のようだ。

「ひーっ！　ひーっ！　あーお腹痛《なか》い！　やはり若い男をおちょくるのは面白……あ、待った。ちょ、腹筋攣《つ》ったのじゃ！　誰かっ、誰かぁ！」

「「「…………」」」

……大丈夫か、こいつ？

俺、レアナ、リエンが揃ってシュユを見る。おい、顔を逸らすな。こっち向け。

……本当に、こいつに命を預けていいのか、不安になってきたんだが……やるしかないかぁ。

エピローグ

「ふぅ～……酔った酔った……」

酒なんていつぶりだろうか。最近はドタバタしてて、飲んでなかったからなぁ。

無限に飲ませてくるアデシャ族長を振り切り、家を出て夜風に当たる。心地いい風が頬を撫で、火照った頬を冷やしてくれる。

「……お？」

この光の粒子……宝樹リシリアから出てる粒子か。

空は暗いが、光の粒子のおかげで辺りが明るい。それに、村中を幻想的な雰囲気が漂っている。いいな、これ……ずっと見てられる。

「やはりここだったか、ジオウ殿」

「ん？　おお、シュユ。どうかしたのか？」

「いや、アデシャ族長にかなり飲まされていただろう？　さっき部屋を出るのを見かけたから、厠か夜風に当たりに来たのかと思ってな」

流石、よく見てる。

シュユが俺の隣に立ち、里の方を見つめる。

夜と言っても、まだ時間的には二〇時だ。だが里には人はおらず、家の灯りも消えている。

「里のみんなはどうしたんだ？」

「寝ている。我らエルフには娯楽が少ないから、基本早く眠る。しかも今は戦争中。戦士以外の者は、不要なエネルギーを消耗しないように早く寝るのだ」

そういうことか。だから、こんな……。

「幻想的だろう……」

「え……？」

まるで、俺の考えを読んだみたいに、シュユが呟いた。

「私はこの景色が好きだ。昔、セツナ姉様と一緒に見た、この素晴らしい景色が。……だからこそ、この景色を壊したくない。そしていつかまた、セツナ姉様と一緒にこの景色を見たい。それが、私の密かな願いだ」

……ああ……。

「……綺麗だな……」

「ふふん。そうだろう」

……いや、景色じゃなく……シュユの横顔が……。

……って、何考えてんだ俺。アホか。

「……叶えられるさ、その願い」

「出来ると思うか？」

「俺達になら、絶対」

「……そうか……なら、期待しよう」

ああ、期待してろ。

俺達【虚ろう者】のモットーの一つは、『依頼完遂』。

こいつがそれを願うなら、俺達はそれを完遂するまでだ。

と、気持ちを引き締めていると。

「じ、ジオウ！　ジオウーーーー！」

「助けてください！　これ以上飲まされたら私達、おかしく……！」

「くかかかか！　待て待て小娘共！　もっと妾の酒を飲まんか！　ジオウ！　シュユ！　貴様らも早う来いやァ!!」

「「うにゃーーーーーーーーーー!!」」

…………。

「戻りたくねぇ……」

「そう言うな。後で族長が拗《す》ねるぞ」

あれが拗ねられたら、それはそれで面倒そうだ……。

はぁ……戦う覚悟の前に、肝臓ぶっ壊す覚悟決めなきゃなぁ……。

あとがき

この作品を手に取って頂いた全ての方にお礼申し上げます。

はい、めっっっっっちゃくちゃ嬉しいです。感謝感激雨あられとはこのことを言うんだと身をもって体感しているところです。

そして初めまして。姓を赤金、名を武蔵。どうも、赤金武蔵です。

「小説家になろう」というサイトで連載しているこの作品ですが、この度、ＢＫブックスさんにお声をかけて頂き、こうして書籍化することとなりました。

ありがたきここに極まれり。もう一生分の運を使い果たした気分です。

まあ、これからが本番なんですけどね！　ゴールじゃなくてスタートなんです！


さてここで、この作品について説明します。個人的にあとがきを読んで小説を買うタイプの人間なので、少しだけ。

この小説を書き始めた切っ掛けとして、ちょうど会社からこんなことを言われました。

「君、今の仕事向いてないから、部署を異動するか転職するか選んでくれ」

はい、迷わず辞めました（笑）。

この小説の主人公も、弱くて愚鈍で、役に立たないと言われて組織をクビになります。そしてタイトルの通り、ギルドという組織を作ります（私は一般企業に勤めてる平社員ですが……）。

しかし私も、転んでもただでは起きません。どうせならこの切っ掛けを小説にしてしまおうと思い、書き始めたという訳です。

この先、主人公も、ヒロインも、これから出てくるキャラクターも、一体どんな物語を広げていくのか、私自身も楽しみです。え？　何で作者なのに楽しみなのか？　それはWeb掲載版も全然終わりが見えてないからです。一緒に楽しんでくだされば幸いです！

最後に。

BKブックス編集部の皆様。私を見つけてくれた担当編集Sさん。私の拙い文章にイラストを付けてくださったえっかさん。Web掲載版から読んでくださっている読者の皆様。

感謝の言葉を何度言っても足りないくらい、感謝の気持ちでいっぱいです。

本当に、本当にありがとうございます。

まだまだ未熟な身ではありますが、温かく見守っていてください。

赤金　武蔵

BKブックス

パーティーを追放された俺は、隠しスキル《縁下》で世界最強のギルドを作る

2020年10月20日　初版第一刷発行

著　者　赤金武蔵《あかがねむさし》

イラストレーター　えっか

発行人　大島雄司

発行所　株式会社ぶんか社
〒102-8405　東京都千代田区一番町29-6
TEL 03-3222-5125（編集部）
TEL 03-3222-5115（出版営業部）
www.bunkasha.co.jp

装　丁　AFTERGLOW

編　集　株式会社 パルプライド

印刷所　大日本印刷株式会社

ISBN978-4-8211-4570-6